La clé du bonheur

Barbara Cartland est une romancière
anglaise dont la réputation n'est plus à faire.

Ses romans variés et passionnants mêlent
avec bonheur aventures et amour.

Vous retrouverez tous les titres disponibles
dans le catalogue que vous remettra
gratuitement votre libraire.

Barbara Cartland

La clé du bonheur

Traduit de l'anglais
par Claire Gaston

Éditions J'ai lu

Titre original :

LOVE IS THE KEY
Mandarin Paperbacks

© Cartland Promotions, 1991
Pour la traduction française :
© Éditions J'ai lu, 1993

NOTE DE L'AUTEUR

En 878, des guerriers danois, à la tête d'une imposante armée, traversèrent la mer du Nord et occupèrent Chippenham. Ils prirent possession du village, puis de tout le comté du Wessex, de l'East Anglia et de Rochester. Acculés, le roi Alfred et ses troupes durent battre en retraite jusqu'au centre de l'Angleterre.

Six ans plus tard, les envahisseurs regagnèrent leur terre natale mais, à maintes reprises, revinrent par petits groupes razzier les villages de la côte est. Ils s'emparaient des récoltes, parfois des femmes.

Pour se protéger, les habitants de cette région — et plus spécialement ceux du Norfolk — furent contraints d'édifier des tours. Il fallut attendre longtemps avant qu'elles n'abritent plus de guetteurs.

L'idée de cette histoire m'est venue quand j'ai vu, dans le Norfolk, une splendide demeure, appartenant à M. St. John Foti, flanquée de plusieurs petites tours fortifiées.

A l'origine, cette maison était la propriété de moines bénédictins qui avaient mis au point une recette appelée *Old Norfolk Punch*, dotée de grandes vertus curatives.

Sur mes conseils, M. St. John Foti l'a commercialisée. Elle connaît un immense succès en Angleterre, en Europe et au Japon.

Après l'ouverture de la petite usine, la demande est devenue si importante qu'il a fallu en doubler la capacité, et la faire tourner, par équipes, vingt-quatre heures sur vingt-quatre.

La beauté du Norfolk, de la cathédrale d'Ely, ainsi que les vestiges historiques de cette région, sont fascinants. Ils appartiennent à notre patrimoine culturel.

1

1833

Minerva appela les enfants. Par la fenêtre, elle les voyait jouer dans le jardin. Ni l'un ni l'autre n'avait envie d'abandonner le château de sable qu'ils étaient occupés à construire au bord de la rivière. Elle avait tant à faire qu'elle espérait seulement qu'ils ne seraient pas mouillés ! Ainsi, ils n'auraient pas besoin d'être changés.

Elle les appela de nouveau. David, le plus obéissant des deux, posa sa pelle et se dirigea vers la maison. C'était un adorable petit garçon ; il ressemblait à son frère aîné et à son père, naguère fort bel homme.

Minerva avait de la peine à regarder ses frères sans éprouver l'angoisse de la solitude. Son père n'était plus de ce monde. Ce qui manquait par-dessus tout à la jeune fille, c'était quelqu'un avec qui parler sérieusement.

Rien de plus difficile que d'avoir une conversation avec son grand frère, Anthony, que tout le monde appelait « Tony ». Lorsqu'il revenait de Londres, il n'avait qu'une idée : lui narrer, par le menu, tous les bons moments qu'il y avait passés, surtout aux courses. En effet, le plus grand plaisir de sir Anthony n'était autre que l'équitation.

Malheureusement, ils avaient tout juste assez

d'argent pour entretenir deux chevaux et un poney, qui servaient aux déplacements de Minerva et des enfants. Quant à posséder une écurie à Londres, ses modestes revenus le lui interdisaient. Tout ce qu'il pouvait se permettre, c'était un minuscule pied-à-terre à Mayfair. Comme disait Minerva en riant, c'était au moins une bonne adresse, faute de mieux.

Que Tony s'ennuie au manoir se comprenait aisément. Pourtant, Minerva aurait préféré qu'il s'y installât plutôt que de chercher à sauver les apparences face à des amis plus riches que lui. Mais elle savait qu'à vingt-deux ans, Tony trouvait bien plus d'attraits à la vie citadine.

Elle évitait de le lui rappeler; toutefois, le choix de son frère, compte tenu de leurs faibles moyens, les contraignait, elle et les enfants, à se priver de tout le superflu.

En regardant David s'avancer vers elle, elle s'aperçut que son pantalon était trop petit et qu'il avait un trou à sa chemise.

— Va vite te laver les mains, le déjeuner va être froid! lui dit-elle simplement.

Puis elle se retourna vers Lucy qui disposait une rangée de pâquerettes autour de son château de sable.

— Allez, viens Lucy, dépêche-toi s'il te plaît. David a faim et moi aussi!

Lucy se releva. Elle ne paraissait pas avoir six ans. D'ailleurs, tout le monde lui trouvait un petit air angélique. Elle était ravissante avec ses cheveux blonds, ses yeux bleus et sa peau laiteuse qu'aucun soleil, jamais, ne semblait avoir brunie. Au premier regard, personne n'aurait pu penser que c'était une vraie petite fille: on eût dit qu'elle était tombée du ciel. Pourtant, alors qu'elle traversait la pelouse, les bras tendus, c'était tout le portrait de Minerva.

— S'cuse-moi, s'cuse-moi! Je voulais finir mon château de fées!

— Tu auras tout le temps après le déjeuner.

Minerva la souleva dans ses bras. D'un bond, la fillette se retrouva au pied du vieil escalier de chêne.

— Maintenant, va vite te laver les mains, sinon David aura tout mangé et tu n'auras plus rien !

Lucy poussa un petit cri, mi-rire, mi-protestation, et grimpa en courant.

L'escalier de chêne était impressionnant. Il avait été rajouté à l'ancienne maison bien après sa construction. Les pilastres, avec leurs curieux personnages barbus, avaient toujours fait la joie des enfants.

Minerva dévala les quelques marches qui séparaient le hall de l'étroit couloir menant à la salle à manger. C'était une pièce exiguë qui donnait sur le jardin, avec des fenêtres à deux battants et des vitres en losanges. Du plafond aux lourdes poutres et des murs lambrissés de chêne s'exhalait un parfum d'histoire.

Ce passé n'appartenait pas seulement à la famille Linwood, qui habitait actuellement la maison, mais aussi aux moines qui avaient jadis intégré la bâtisse à leur prieuré.

Tout en découpant la viande sous le regard impatient de David, Minerva ne pensait pas à l'histoire qui les entourait mais à son frère, Tony. Elle espérait qu'il allait venir la voir. Pourtant, elle imaginait qu'il s'amusait tellement à la réception donnée au château que ce serait déjà beau s'il faisait juste un petit saut ! Il devait sûrement monter les magnifiques chevaux du comte. Sans doute aussi allait-il conter fleurette à l'une des ravissantes dames qui, lui avait-il dit, étaient invitées.

Minerva n'avait pas réellement songé qu'elle aurait pu être de la fête. Pour tout dire, l'idée ne lui avait même pas traversé l'esprit, tant elle avait l'habitude de sa petite vie tranquille à la maison. Depuis la mort de ses parents, elle élevait seule les deux enfants. Même dans ses rêves les plus fous, elle n'avait jamais imaginé qu'elle pourrait aller à Londres, ni qu'elle serait un jour présentée au roi Guillaume et à la reine Adélaïde, comme sa mère l'avait projeté.

C'était de l'histoire ancienne. A l'époque, ils étaient beaucoup plus à l'aise. Désormais, seul le château rappelait que les Linwood avaient jadis occupé un rang élevé dans la société.

— Je peux en avoir encore, s'il te plaît ? demanda David en tendant son assiette.

Il ne restait presque plus rien dans le grand plat de porcelaine arborant les armes de la famille Linwood. Minerva racla la dernière cuillerée de ragoût et y ajouta une pomme de terre toute fraîche ramassée au jardin le matin même. Elle n'avait pas pu faire beaucoup de petits pois et il n'en restait plus un.

— J'ai pas faim, déclara Lucy.

— Prends-en encore un petit peu, s'il te plaît, insista Minerva, sans cela tu n'auras pas assez de forces pour jouer avec David quand il rentrera de sa leçon.

— Il fait trop beau aujourd'hui pour travailler, répliqua celui-ci, et en plus, je n'ai pas fini mes devoirs hier soir.

— Oh ! David, dit Minerva sur un ton de reproche. Tu sais combien le vicaire va être fâché.

— Je tombais de sommeil, je me suis endormi au bout de deux pages.

Minerva soupira.

Les cours particuliers que le vicaire donnait à David étaient indispensables pour l'entrée au collège. Bien qu'elle ait souvent pensé que le maître en demandait trop à l'enfant, Minerva savait aussi qu'elle aurait eu tort de s'en plaindre. En effet, ils avaient beaucoup de chance d'avoir un vicaire dans un si petit village. C'était un érudit, diplômé d'Oxford. Au nom de l'attachement qui le liait à feu leur père, il avait accepté d'enseigner à David les matières les plus compliquées. Celles-ci n'étaient pas de la compétence de la gouvernante retraitée qui, pour le reste, était chargée de son éducation.

Toutefois, Minerva se demanda alors où elle trouverait l'argent pour payer les frais de scolarité.

Naguère, son père, huitième baron de la lignée, vivait de sa plume. La plupart des ouvrages d'historiens ne faisaient que de faibles ventes. Trop denses pour une lecture qui se serait voulue divertissante, ils n'étaient le plus souvent appréciés que des seuls spécialistes.

Sir John, lui, réussissait cependant à écrire l'Histoire avec une pointe d'humour. Dans ses livres, l'époque et les gens qu'il dépeignait étaient non seulement intéressants mais semblaient aussi ressuscités sous sa plume.

Tout jeune, il avait consacré son premier ouvrage à la Grèce. Il n'avait en fait connu qu'un seul rival, Lord Byron qui, quelques années plus tard, fut l'auteur de récits et de poèmes sur cette extraordinaire civilisation.

Lorsque sir John, après avoir rencontré l'âme sœur, fonda une famille, il sut trouver en la région où il s'était établi, une source d'inspiration inépuisable. Pour ses lecteurs, il redonna vie au Norfolk. C'était lui qui leur avait narré l'épopée de leurs ancêtres et décrit, dans un style coloré, ces Vikings qui, des années durant, colonisèrent l'East Anglia.

Minerva adorait les livres de son père. Elle avait lu et relu les aventures de Lodbrog, le chef danois, et les avait souvent racontées aux enfants. La légende en avait fait le premier envahisseur. Pour elle, il était aussi présent que George IV, qui régnait quand elle était enfant.

Lodbrog, poussé sur la mer du Nord par la tempête, était entré dans l'estuaire de la Yare pour s'abriter. Il avait été reçu à Reedham, près de Yarmouth, par le roi de l'East Anglia, Edmond, et avait pris un très grand plaisir à aller à la chasse avec le souverain et ses courtisans.

Malheureusement, étant très bon chasseur, il avait suscité la jalousie féroce de Bern, le veneur du roi ; celui-ci avait donc assassiné le Danois dans la forêt. Son crime avait été découvert par le chien de Lodbrog qui, trouvant la dépouille de son maître, s'était attaqué à Bern.

En guise de châtiment, le veneur avait été condamné à être abandonné dans une barque flottant à la dérive. Le roi Edmond et ses pairs étaient convaincus que c'en était fini de lui. Pourtant, au bout de quelques jours, le vent l'avait rejeté sur les côtes du Danemark, à demi mort de froid et d'inanition. Pour justifier sa présence, Bern avait accusé le roi Edmond du meurtre de Lodbrog.

Les Danois, furieux, avaient chargé deux de leurs chefs de lever une imposante armée. Sous la conduite du traître, celle-ci avait traversé la mer du Nord et accosté dans l'estuaire. Elle avait littéralement dévasté l'East Anglia et, après des années d'un combat sans merci, le roi Edmond avait été fait prisonnier. Ligoté à un arbre, son corps avait été transpercé de flèches. Les Danois s'étaient alors rendus maîtres de tout l'est de l'Angleterre. Finalement, ils avaient été repoussés dans leur pays. Les Anglais avaient enfin compris qu'il fallait absolument défendre les côtes de l'East Anglia contre d'autres attaques possibles.

Minerva, toute petite, avait entendu cette histoire de la bouche de sir John. Plus tard, en la lisant, elle en avait trouvé le récit palpitant. Après la mort de leur père, elle avait tenu à perpétuer la tradition. Les enfants l'avaient écoutée, émerveillés, surtout lorsqu'elle leur avait dit pourquoi le château avait joué un si grand rôle.

« C'est alors, avait-elle ajouté, que nos ancêtres décidèrent de construire ce château. Il y avait des guetteurs jour et nuit, dans la tour, à l'affût du moindre signe de retour des drakkars. »

« Ça devait être terriblement excitant ! » s'était exclamé David.

« Dès qu'ils apercevaient les voiles, ils allumaient des feux, et tout le monde faisait de même le long de la côte. Lorsque les Danois arrivaient, les archers anglais les attendaient et les criblaient de flèches ! »

Depuis l'origine, le château de Linwood avait subi de nombreuses modifications. La tour de guet était toujours debout, mais, sous le règne d'Élisabeth Ire, on y avait adjoint une maison plus confortable qui avait été ensuite rasée en 1720 par un Linwood atteint de la folie des grandeurs. En une dizaine d'années, il avait fait ériger un splendide monument, considéré comme l'un des plus remarquables fleurons de l'architecture néo-classique anglaise.

Rien n'était trop beau pour sir Hector Linwood. Il avait fait appel aux meilleurs entrepreneurs, aux charpentiers les plus qualifiés, dont Grinling Gibbons, le maître charpentier du roi.

Une fois la construction achevée, les gens venaient la voir de tout le pays.

Malheureusement, le propriétaire y avait laissé toute sa fortune.

L'œuvre avait beau être une pure merveille, avec le vieux château à une extrémité et les deux immenses ailes de part et d'autre du bâtiment central, c'était une véritable folie qui n'annonçait que la ruine.

Comme on pouvait s'y attendre, les difficultés n'avaient cessé de s'accumuler jusqu'au jour où le grand-père de Minerva avait décrété que cela suffisait.

« C'est très joli de vivre dans le luxe, avait-il déclaré, mais si nous mourons de faim, nous serons bien avancés d'avoir une belle tombe ! »

Aussi, juste avant sa mort, avait-il vendu le château, le parc et tout le domaine à un noble fortuné qui ne l'avait jamais habité. Tout était resté intact, tel un monument à la mémoire d'un maître d'œuvre trop prodigue.

Sir John et son épouse avaient donc emménagé dans la maison assignée en douaire, une vieille bâtisse édifiée sur les terres du domaine, bien plus agréable à vivre que le château.

En grand seigneur, sir Hector l'avait fait restaurer pour y installer sa mère, veuve, dans le plus grand confort. Il y avait un escalier grandiose, des plafonds couverts de fresques dans plusieurs chambres et quelques magnifiques cheminées. C'était un vrai bijou, mais il eût fallu des pièces plus vastes pour mettre en valeur de tels trésors.

Pourtant, au décès de sir John, Minerva avait à grand-peine conservé cette maison en bon état, si petite soit-elle.

Elle avait souvent songé qu'il leur faudrait aller s'établir dans l'une des minuscules chaumières du village, à moins que Tony n'épousât une riche héritière.

Cela faisait des semaines qu'elle n'avait pas eu de nouvelles de son frère lorsqu'elle avait reçu un billet. Elle avait été atterrée par ce qu'il écrivait :

Tu ne vas pas me croire mais hier, au White's Club, *j'ai été présenté au comte de Gorleston. Je ne l'avais encore jamais rencontré car il était, semble-t-il, à l'étranger depuis plusieurs années. Mais, à ma grande surprise, il m'a annoncé que le château lui avait été légué par l'ancien propriétaire. Il ne le connaissait pas; pourtant, c'était sans doute un de ses parents éloignés.*

Il est enchanté par tout ce qu'il a entendu raconter à propos du château, et a l'intention d'y donner une grande réception dans six semaines.

A la lecture de ce passage, Minerva avait eu un hoquet de surprise. N'en croyant pas ses yeux, elle avait poursuivi. Tony entrait dans les détails :

Le comte est immensément riche. Il a fait dépêcher une armée de gens pour remettre le château en état. Et le plus extraordinaire, c'est qu'il m'a invité pour que je lui explique tout ce qu'il veut savoir à propos de son nouveau domaine.

Comme tu peux l'imaginer, je me suis empressé d'accepter. Je t'en dirai davantage lorsque nous nous verrons.

Minerva avait lu la lettre deux ou trois fois pour être bien sûre qu'elle n'avait pas rêvé.

Comment aurait-elle pu imaginer que ce jour viendrait ? Depuis des lustres, le château était resté inhabité, toutes fenêtres fermées. Jamais, de sa vie, elle n'avait vu la moindre porte ouverte.

Deux jours plus tard, le village entier était en révolution. Tony n'avait pas menti en annonçant qu'une véritable armée allait débarquer. Minerva n'aurait pas soupçonné que tant de gens étaient nécessaires pour travailler sur une seule propriété.

Avec les enfants, elle avait souvent visité le château. En fait, l'hiver, ils y allaient jouer : c'était beaucoup plus spacieux qu'au manoir.

Son aïeul en effet n'avait pas regardé à la dépense : elle aimait la majesté de l'édifice, le vaste hall de travertin poli et le balcon qui faisait tout le tour, l'entrée, le grand escalier d'acajou — une nouveauté, en Angleterre. Elle adorait les statues romaines qui encadraient, immuables, la cheminée de marbre. Le temps ne semblait pas avoir prise sur elles. Et quelle joie d'admirer les tableaux du salon ! Cette pièce d'apparat recelait aussi une superbe cheminée sculptée, des tables et autres meubles précieux, dorés à l'or fin et recouverts de tapisseries françaises d'époque.

Avant la vente du château, la mère de Minerva avait emporté tout ce qui lui tenait particulièrement à cœur. Pourtant, il n'avait pas été possible de déplacer les immenses toiles, les énormes miroirs aux cadres si richement ouvrés ni les tapisseries murales. Ils étaient restés là, comme au premier jour. Ils avaient beau être un peu poussiéreux, ils n'avaient nullement été endommagés.

Minerva songea alors qu'elle allait les revoir dans toute leur splendeur d'antan. Il lui fallait attendre le départ du comte et de ses convives, à moins peut-être que son frère ne la fasse inviter au château, elle aussi. Mais elle refuserait. Aucune de ses robes ne convenant à une telle circonstance, jamais elle ne pourrait être à la hauteur.

David et Lucy, eux, avaient exprimé leur souhait, sans détour et avec véhémence.

« Nous voulons aller au château, Minerva, n'avaient-ils cessé de répéter. Nous voulons voir ce qu'ils font, tous ces gens-là. »

« Il vous faudra attendre d'être invités », avait répondu Minerva avec fermeté.

« Mais on y va, d'habitude ! »

« Je sais bien. Avant, le château était à nous. A vrai dire, nous n'avions pas le droit d'y aller, même si nous ne dérangions personne puisqu'il était vide depuis si longtemps. »

En fait, les vieux gardiens étaient des gens du village qui, en l'absence du propriétaire, avaient été laissés à leur poste : Minerva et les enfants pouvaient venir aussi souvent qu'ils le désiraient, ils étaient toujours accueillis à bras ouverts.

« On se sent b'en seuls ici, mam'zelle Minerva, disait Mme Upwood. Vrai, j'en ai la chair de poule ! Comme je dis tout le temps à mon mari, ma parole, on entend que les fantômes dans cette maison ! »

« Je ne pense pas qu'il y en ait », répondait Minerva pour la rassurer.

Pourtant, quand elle traversait les magnifiques pièces en ouvrant les persiennes pour faire entrer le soleil, Minerva avait l'impression d'être un revenant. D'une certaine manière, elle comprenait le plaisir que son arrière-grand-père avait pu prendre à faire bâtir une telle merveille, à la décorer, avec un goût exquis, des meubles et des tableaux les plus somptueux.

Pendant la Révolution, il avait été l'un des premiers à acquérir du mobilier français. Ainsi que lord Yarmouth le ferait des années plus tard, il avait affrété un bateau pour convoyer ses achats jusqu'à Lowersoft, d'où ils étaient livrés au château.

Pour l'heure, comme sous l'effet d'un coup de baguette magique, la grande demeure était fin prête à honorer le nouveau maître de céans.

Tony s'était décidé à griffonner à la hâte, sur un bout de papier :

Le comte a trouvé plus pratique de venir par la mer que par la route. Aussi irons-nous sur son yacht jusqu'à Lowersoft. De là, des fiacres viendront nous chercher pour nous conduire au château.

Dans l'attente de te voir,
Ton frère affectionné,

Tony

Bien que les invités soient tous arrivés, Tony n'avait toujours pas donné signe de vie.

Minerva brûlait de curiosité. Elle voulait savoir ce qui se passait. S'il tardait trop à venir la voir, elle irait espionner le château à travers les haies. Après tout, elle en était persuadée, c'était bien ce que devaient faire la plupart des gens du village.

— Je veux aller regarder les chevaux au château, annonça David quand il eut fini son assiette. Je peux, en revenant du presbytère ?

— Je te l'ai déjà dit hier ! répondit Minerva. Tu attendras Tony pour lui demander la permission. Ce serait très mal venu de s'imposer.

— Mais s'ils nous invitent pas, dit Lucy, on verra jamais comme ils ont tout fait beau là-haut. Et puis moi je veux voir les bougies allumées !

Minerva savait bien qu'elle désignait ainsi les chandeliers du salon, et faillit lui répondre qu'elle aussi mourait d'envie de les voir. Mais il lui fallut répéter ce qu'elle avait déjà dit une bonne douzaine de fois : ils devraient attendre leur frère.

Après avoir mangé une énorme part de gâteau dégoulinant de sucre, David avait pris, de mauvaise grâce, le chemin du presbytère.

Lucy, qu'il fallait cajoler entre chaque bouchée, s'en retourna au jardin, à son château de sable.

— Fais bien attention à ne pas te salir, ma petite chérie, lui dit Minerva. J'ai lavé ton autre robe mais elle n'est pas sèche.

— Viens me raconter encore l'histoire du château, demanda-t-elle sur un ton suppliant.

— Je viendrai dès que j'aurai fini la vaisselle du déjeuner, répondit Minerva en débarrassant la table.

Alors qu'elle était occupée à remplir la bassine d'eau chaude, elle entendit un bruit de roues sur les graviers, devant l'entrée. Sûre que c'était Tony, elle se précipita dans le hall. Déjà, la porte s'ouvrait.

— Tony ! s'écria-t-elle en courant à sa rencontre.

En se découvrant et avant même de poser son chapeau haut de forme sur une chaise, il l'embrassa.

— Je croyais que tu nous avais complètement oubliés, lança Minerva.

— Je savais que tu allais dire ça ! Excuse-moi, mais je n'ai pas eu une minute depuis mon arrivée.

Je ne fais pas ce que je veux. De plus, je n'ai pu emprunter le phaéton du comte avant cet après-midi.

Minerva se retint afin de ne pas souligner qu'il fallait peu de temps pour venir à pied du château. Elle regarda son frère : il était trop bien vêtu pour emprunter les chemins sablonneux. Ses bottes de cuir à la russe brillaient comme des miroirs. Sous sa jaquette, ses pantalons couleur champagne semblaient plus élégants que ceux qu'il portait lors de sa dernière apparition. Il arborait une cravate nouée à la dernière mode, et d'une façon qu'elle n'avait encore jamais vue. Les pointes de son col remontaient plus haut sur le menton que d'ordinaire.

— Quelle élégance ! s'exclama-t-elle.

— Il faudrait que tu voies Sa Seigneurie et les autres invités !

— J'y compte bien !

A sa grande surprise, son frère changea brusquement d'expression.

— C'est impossible !

— Impossible... mais pourquoi ?

Tout en parlant, ils étaient entrés dans le petit séjour où Minerva avait l'habitude de se tenir quand elle était seule. En fait, il était plus confortable et plutôt moins solennel que le grand salon.

Tony jeta un coup d'œil à la ronde et s'assit avec précaution dans un fauteuil qui aurait eu bien besoin d'être refait. C'était celui de son père, et Minerva estimait qu'il lui revenait de droit maintenant qu'il était chef de famille.

— Je me doutais que tu ne serais pas contente de mon silence ces derniers jours, Minerva. Mais, pour être franc, je ne veux pas que le comte apprenne votre existence.

Elle le regarda, médusée, puis le rouge lui monta aux joues.

— Tu veux dire que... tu as honte de nous ?

— Mais non ! Pas du tout ! Comment peux-tu penser une chose pareille ?

— Alors... pourquoi ? Je ne comprends pas.

— C'est pourtant simple. Quand je t'ai dit que j'avais été invité à la réception de Sa Seigneurie, je ne savais pas exactement ce qu'Elle avait dans la tête.

Minerva s'assit sur le rebord du canapé, tout près de lui.

— Eh bien, où est le problème ?

— Oh, il n'y en a pas vraiment. Seulement, ce n'est pas le genre de fête à laquelle maman aurait aimé que tu assistes, de son vivant.

— Explique-toi !

Tony attendit un instant avant de répondre :

— Ah ! j'aimerais que tu voies le château, maintenant qu'il a été remis à neuf. Il est vraiment magnifique. Le comte ne cesse de me répéter qu'il ne comprend pas comment quelqu'un a pu se séparer d'une aussi belle propriété.

— Lui as-tu dit que notre arrière-grand-père n'avait pu la garder, faute de moyens ?

— Plus ou moins. Mais Gorleston est tellement riche qu'il n'a pas la moindre idée de la manière dont vivent les pauvres.

Il y eut un silence que rompit Minerva.

— Vas-y ! Continue !

— Je dois être un peu naïf, admit Tony, mais je m'étais figuré qu'il s'agissait d'une réception entre les amis de Gorleston et les beautés de la haute société avec lesquelles il est de bon ton de se montrer dans toutes les soirées londoniennes.

— Et ce n'est pas le cas ?

— Pas vraiment. Toutes les dames sont mariées. Dans ce milieu, tu ne te sentirais pas à ta place.

— Je ne vois pas pourquoi ! Mais j'ai compris, en te regardant, que j'aurais l'air d'une Cendrillon en guenilles au bal du Prince Charmant.

Tony eut un petit rire.

— C'est un peu cela. Et puis, tu ne t'amuserais pas, même si je pouvais te proposer de venir pour le dîner, ou à un autre moment.

— Je ne saisis toujours pas.

Elle fut étonnée de voir Tony se lever et marcher jusqu'à la fenêtre au lieu de lui répondre.

Il regarda le jardin mal entretenu, que les mauvaises herbes envahissaient. Minerva se donnait beaucoup de mal pour s'occuper des massifs de fleurs, mais elle n'avait pas le temps de tout faire.

— Je suis égoïste, Minerva, je sais, mais je suis l'aîné. Je dois veiller sur toi. Et comme tu ressembles à maman, tu te doutes bien que tu es jolie.

Minerva le dévisagea, les yeux écarquillés. Tony ne lui avait encore jamais parlé de la sorte. Elle se demandait ce qui l'amenait à le faire à ce moment-là.

— Gorleston est un curieux personnage. J'ai de la peine à le cerner. Il fait peur à la plupart des gens.

— Peur ?

— C'est quelqu'un de très important et de très riche. Si tu le voyais, tu comprendrais.

— Quoi ?

— Eh bien, il se conduit exactement comme si le monde lui appartenait ! Il s'imagine que la terre entière, pour ainsi dire, est à ses ordres.

Minerva l'écoutait, toujours aussi stupéfaite. Il poursuivit :

— A Londres, il est entouré d'hommes presque aussi fortunés et puissants que lui et pourtant, il a un tel rayonnement que, parmi eux, on dirait le roi en personne !

— En tout cas, il a envoyé une armée pour remettre le château en état. Je n'ai jamais vu autant de gens travailler comme si c'était une question de vie ou de mort !

— Ça, c'est tout son portrait ! Voilà exactement

l'effet qu'il produit sur les autres. Il leur ferait faire n'importe quoi !

— Pour le château, il a réussi. Mais je ne vois vraiment pas en quoi cela m'empêche de le rencontrer.

— Je viens de te le dire, Minerva. Tu es trop jeune et trop jolie !

— Tu ne penses tout de même pas qu'il me ferait des avances ?

— C'est on ne peut plus improbable, répliqua sèchement Tony. Mais je ne veux prendre aucun risque. Mets-toi à ma place ! Aussi longtemps que le comte sera là, tu devras te tenir à bonne distance !

Minerva éclata de rire.

— Je n'ai jamais rien entendu d'aussi ridicule de toute ma vie ! Si le comte a amené avec lui toute une ribambelle de jolies femmes, il y a peu de chance pour qu'il me remarque !

— Lui, peut-être pas, mais au moins un de ses invités. Pour tout dire, tu serais déplacée dans ce genre de société.

— Ce que tu es désagréable... commença Minerva.

— Le fait est que pour la première fois sans doute depuis la mort de papa, je prends mes responsabilités.

Il y eut un silence, puis Minerva poursuivit :

— J'aimerais bien que tu sois un peu plus clair. Je dois être bête comme chou, mais je ne vois absolument pas où tu veux en venir.

— Eh bien, je suppose que tu es suffisamment adulte pour regarder la vérité en face ! Une chose est certaine : cette réception est bien trop immorale pour une fille aussi jeune et innocente que toi.

Minerva le dévisagea, abasourdie.

— Immorale ? Tu n'exagères pas un peu ?

— Ne fais pas l'idiote ! s'exclama Tony avec humeur. Pour son bon plaisir, le comte a convié la très jolie épouse de l'ambassadeur d'Espagne. Celui-ci, le marquis Juan Alcala, a malheureusement dû se rendre en visite sur le continent, pour une mission diplomatique. Il ne sera pas là.

Lorsqu'il eut achevé sa phrase, Tony se rendit compte que sa sœur le fixait, bouche bée.

— Tu veux dire... que le comte a une liaison avec cette dame ?

— Évidemment ! répondit-il, cassant. Et tous les autres invités sont dans la même situation ! Je ne vois pas comment tu pourrais te sentir à l'aise en pareille compagnie.

— Non... bien sûr que non ! Mais je ne m'imaginais pas...

Elle se tut et prit une profonde inspiration.

— Tu as très bien fait de me mettre au courant. J'espère qu'au village personne n'a idée de ce qui se passe.

— Je n'ai rien à faire de ce satané village et de ses maudits habitants ! jura Tony. Cela ne leur causera aucun tort. En revanche, je sais que papa n'aurait pas voulu côtoyer ce genre de personnes.

— Ah ! ça non ! Mais... et toi ?

Il y eut un silence avant que Tony ne reprît :

— Nous sommes deux ou trois, comme moi, à n'entretenir aucun lien particulier et en conséquence à nous entendre bien avec tout le monde.

Il avait répondu si hâtivement que Minerva songea que ce n'était sans doute qu'à moitié vrai. Pourtant, il n'était pas dans ses intentions de l'interroger plus avant.

En repensant à ce qu'il avait raconté, elle se rendit compte qu'elle s'était fait des illusions au sujet de Gorleston. A cause de son titre et de sa richesse, elle l'aurait cru plus mûr et plus responsable de sa conduite que quelqu'un de l'âge de Tony. Plus elle essayait d'assimiler les propos de son frère et moins elle pouvait s'empêcher de penser que tout cela était incroyable.

— Je te devais la vérité, dit Tony, plutôt embarrassé, pour le cas où il t'aurait pris la fantaisie d'aller rendre visite au comte ou de faire quelque chose d'aussi absurde. Maintenant, tu connais mes consignes : te tenir à l'écart du château. Cela vaut aussi pour les enfants. Je ne veux pas que Gorleston me pose des questions à leur sujet. Je serais obligé de lui répondre que nous sommes frères et sœurs.

— Je comprends... Jamais je n'aurais imaginé qu'après toutes ces années le château serait occupé par un personnage de cet acabit !

— Oh ! il est tout à fait comme il faut, à sa manière. Mais c'est quelqu'un d'assez terrible et je ne voudrais pas que tu ailles te jeter dans la gueule du loup. Il m'a promis de m'inviter à un steeple-chase qu'il organise dans sa propriété du Hertfordshire.

— Ainsi il a d'autres résidences...

— Plusieurs !

— S'il en a tant, pourquoi venir ici ?

— Je ne sais pas exactement. Je suppose qu'il est tout simplement lassé d'une certaine routine. Il a dû se souvenir tout à coup que cet endroit lui appartenait.

— Ne le lui fais pas trop aimer, sinon il reviendra !

— C'est bien ce que je crains. Il ne cesse de me poser des questions sur les peintures et sur les meubles. Il a l'air de s'y intéresser vraiment.

Il s'interrompit un instant et reprit, sur un ton plus badin :

— Je pense qu'il ne va pas tarder à trouver le temps long. D'ailleurs, je t'assure que Sa Seigneurie s'ennuie pour un rien !

— Il semble vraiment étrange ! Tu as peut-être tort de te lier d'amitié avec lui !

— Alors qu'il m'a offert les meilleurs pur-sang

24

dont on puisse rêver ? Ne sois pas sotte, Minerva !
S'il m'apprécie, c'est lui qui me demandera de
l'accompagner à cheval, d'aller à la chasse au faisan
et de partager ses mets et ses vins, les plus savou-
reux que j'aie dégustés dans ma vie.

— Je vois que tout ça est... très agréable pour toi,
dit Minerva à mi-voix.

Tony s'éloigna de la fenêtre et se dirigea vers le
canapé pour s'asseoir à ses côtés.

— Écoute-moi bien. J'avoue que je n'ai pas été un
très bon frère pour toi ces derniers temps. Je vais
essayer de me racheter d'une manière ou d'une
autre. Lorsque nous aurons assez d'argent, je
demanderai à une des plus respectables douairières
de te présenter à la cour.

— Nous n'en avons pas les moyens !

— Bien sûr, grommela-t-il. En fait, je puis t'assurer qu'on s'y ennuie à mourir. C'est pourtant le
genre d'endroit qu'il te faudrait fréquenter. Jolie
comme tu es, tu aurais un immense succès.

Minerva parut étonnée du compliment.

— Tu me trouves... vraiment jolie ? Je sais que je
ressemble à maman, mais comme il n'y a personne
ici pour me parler de moi...

— Oh ! évidemment, l'interrompit son frère. C'est
là où le bât blesse ! Pour le moment, je ne vois pas
ce que j'y peux.

Il avait l'air tellement contrarié que Minerva se
pencha pour l'embrasser sur la joue.

— Ne t'en fais pas pour moi. Je t'assure que pour
l'instant je suis tellement préoccupée par l'idée de
mettre David à Eton et de payer les frais de scolarité
que je n'ai vraiment pas le temps de me soucier
d'autre chose.

— Je n'ai pas oublié cela non plus. Je te jure que
dès mon retour à Londres, je commence à mettre
de l'argent de côté.

Il réfléchit une seconde avant d'ajouter :

— En tout cas, cela ne m'a pas coûté un sou de venir ici ! Je suis logé et nourri gratuitement. Il faudra seulement que je donne une petite gratification aux domestiques en partant.

— Ça, au moins, c'est une bonne nouvelle ! dit Minerva en riant. Et tu es d'une rare élégance !

L'air embarrassé, Tony se leva.

— Il a bien fallu que je m'achète une paire de bottes et, pour comble de malheur, ma tenue de soirée était usée jusqu'à la trame.

Minerva poussa un petit cri.

— Oh ! Tony, ne laisse pas les dettes s'accumuler. C'est exactement ce qui est arrivé à notre arrière-grand-père quand il a fait construire le château. C'est ce qui a obligé grand-père à vendre.

— Il l'a laissé pour une bouchée de pain. Si seulement il avait attendu la fin de la guerre, il en aurait tiré un bien meilleur prix qu'à l'époque.

— Il aurait eu de la peine à patienter quinze ans !

— C'était pourtant la voix de la raison, insista Tony. De plus, il a fait de mauvais placements et tout l'argent a été dilapidé.

— Oui, c'est ce que papa a toujours dit. Heureusement que ses livres rapportaient.

— Je suppose que tu es incapable de reprendre le flambeau !

— Ah ! oui, surtout dans la spécialité de papa. Mais si j'écrivais un roman, il aurait peut-être du succès.

— Oh ! pour l'amour du Ciel, n'essaie pas ! Tout le monde jase déjà assez sur ce qui se passe au château. Il y aurait de quoi remplir une bibliothèque entière. Par dessus le marché, cela ferait l'effet d'une bombe.

— Qu'est-ce que tu veux dire ?

— Eh bien, si l'ambassadeur, qui est plutôt d'un tempérament violent, venait à entendre parler des frasques de sa femme, il provoquerait le comte en duel, sans aucun doute. Quel scandale !

— Tu m'as dit il y a quelque temps que le roi Guillaume les avait fait interdire ?

— Oui, en même temps qu'une série de choses qui étaient permises sous le règne de son frère. Mais tout le monde s'en moque ! J'ai un de mes amis qui s'est battu en duel, la semaine dernière, à Green Park. Maintenant, son adversaire et lui se promènent avec le bras en écharpe.

— Oh ! Tony, j'espère bien que tu ne feras jamais d'excentricités de ce genre, supplia Minerva. Suppose qu'il t'arrive quelque chose. Je ne m'en remettrais pas !

— Je ne me ferai pas tuer en duel, dit-il en riant. Mais c'est déjà rudement désagréable d'être blessé. De surcroît, on passe pour un imbécile.

— Alors, je t'en prie, ne te bats pas !

Tony se mit à rire, ce qui sembla détendre l'atmosphère.

— Je t'assure que je ferai tout mon possible pour éviter les ennuis. C'est bien la dernière chose que je souhaite.

— Et promets-moi de faire attention à toi !

— C'est promis. Quant à toi, suis mes recommandations à la lettre. Je reviendrai te voir dès que l'occasion se présentera, mais cela risque de ne pas être facile.

— Je comprends. S'il te plaît, fais de ton mieux. Tu sais que j'adore te voir. Parfois, je me sens si seule depuis que papa n'est plus là.

Tony passa son bras autour de ses épaules et la serra très fort.

— Tu es merveilleuse. Je suis fier de toi. Tiens-toi seulement à bonne distance de ce malappris de comte ! Dès mon retour à Londres, je t'enverrai la plus belle robe que je puisse t'offrir.

Minerva poussa un petit cri de joie.

— Oh! Tony, ce serait formidable. J'adorerais en avoir une nouvelle!

— Je n'oublierai pas!

— Tu viendras me dire au revoir?

— Je ferai tout mon possible, crois-moi.

— Quand pars-tu?

— Je n'en ai aucune idée. Cela dépend du comte. Il peut tout à coup lui prendre la lubie de s'en aller ce soir ou demain matin, comme il peut aussi bien rester là des jours et des jours. Avec lui, on ne sait jamais!

— Il a plutôt l'air imprévisible!

— Oui, et s'il n'était que cela!... N'oublie surtout pas ce que je t'ai dit.

Il déposa un petit baiser sur sa joue et se dirigea vers la porte.

— J'aurais voulu que tu voies le phaéton dans lequel je suis venu. Il était tiré par les plus beaux pur-sang que j'aie jamais conduits.

— Oh! Montre-les-moi!

— Non, non, pas question! Le palefrenier pourrait parler de toi. Quelqu'un, au château, risquerait de tout raconter au comte.

Devant son air sérieux, Minerva pouffa de rire.

— Et, en plus, il est dangereux!

— Exactement. Souviens-t-en!

Ils étaient dans le hall. Tony reprit son chapeau haut de forme et l'ajusta.

Il jeta un regard alentour.

— Je suppose que c'est parce que je viens du château, mais tout me semble minuscule ici.

— Peut-être, mais n'oublie pas que nous y sommes chez nous!

Tony lui sourit.

— Tu as raison. Au revoir. Je te promets d'essayer de revenir.

Il se dirigea vers la porte, l'entrebâilla juste assez pour sortir, puis la referma derrière lui.

Minerva resta là où il l'avait laissée, comme figée sur place. Quand elle entendit le bruit des roues, elle sut qu'il était parti. Elle courut à la fenêtre et le vit, de dos, descendre l'allée.

Le phaéton était vraiment magnifique et les chevaux devaient être aussi splendides que dans la description de Tony.

Elle ne réussissait pas à les quitter des yeux. Lorsqu'ils eurent disparu, elle reprit, avec un petit soupir, le chemin de la cuisine.

L'eau qu'elle avait fait chauffer pour la vaisselle avait refroidi et le poêle était presque éteint.

Avec un rien de mélancolie, elle songea au château et à tout ce qui s'y passait de palpitant.

Puisqu'il en est ainsi, se disait-elle, je ne verrai jamais le comte et je ne saurai jamais jusqu'à quel point c'est un mauvais sujet !

2

Curieusement, le comte ne s'en alla ni le lendemain ni le surlendemain. Et alors que Minerva s'attendait à apprendre le départ de tous les convives, des rumeurs contraires lui étaient parvenues du village : de folles soirées auraient eu lieu, durant lesquelles on aurait joué des sommes astronomiques. Les vieilles femmes du pays ne s'étaient pas fait faute de murmurer mille autres choses encore.

Minerva s'était efforcée de ne pas les écouter ; pourtant, sa curiosité était à son comble.

Quelle ne fut pas sa surprise lorsqu'elle reçut de

Tony un petit billet porté par un jeune palefrenier venu sur l'un des superbes pur-sang du comte !

Elle l'ouvrit avec un rien d'appréhension :

Le comte me harcèle de questions sur le château: c'est une véritable obsession. Je suis dans l'incapacité de lui répondre. Pourrais-tu me faire parvenir par ce valet — en qui, je l'espère, je puis avoir confiance — le livre de papa ?

Je tâcherai de passer te dire au revoir mais, pour le moment, j'ignore complètement combien de temps encore je vais rester ici.

Affectueusement,

Tony

Minerva alla chercher l'ouvrage dans le bureau. Sir John y avait répertorié tout ce que recelait le château. Une à une, il avait décrit les plus belles pièces de collection, établi une chronologie et rappelé leur histoire. Minerva l'avait lu plusieurs fois et s'y était souvent référée pour répondre aux interrogations de David et Lucy sur les tableaux et les fresques.

Le livre, sans réel intérêt pour le grand public, n'avait jamais été imprimé, mais la mère de Minerva l'avait calligraphié de sa belle écriture, toute en pleins et en déliés. Puis, une vieille femme du village qui, des années durant, avait exercé l'art de la reliure, l'avait recouvert de cuir rouge, doré à l'or fin.

En le prenant sur l'étagère, Minerva espéra que Tony saurait le manipuler avec précaution.

Elle enveloppa le manuscrit et attacha le paquet avec une ficelle avant de le remettre au petit valet qui l'attendait à la porte.

— Prenez-en le plus grand soin, s'il vous plaît. Sa valeur est inestimable. Faites bien attention à ne pas le perdre ou l'abîmer.

— Comptez sur moi, mam'zelle, dit-il en la saluant.

Il était tout jeune, dix-sept ou dix-huit ans à peine. Mais Minerva remarqua qu'il la regardait avec admiration. Pourvu que Tony ne se soit pas trompé et qu'il sache être discret !

Elle trouvait cela touchant de la part du comte de s'intéresser de si près à sa nouvelle propriété. Elle aurait donné cher pour être aux côtés de Tony lorsqu'il lui parlerait des tapisseries représentant Louis XIV et les belles dames de la cour. Et quelles splendides peintures au plafond ! Toutes ces déesses merveilleuses au milieu d'une ronde de petits amours !

En songeant à tout ce qui l'avait enchantée au château, Minerva eut la certitude que le comte avait choisi la chambre de velours rouge, dans laquelle son arrière-grand-père avait engagé des dépenses exagérées.

Elle était meublée d'un immense lit d'apparat tendu de velours incarnat, si grandiose que le baldaquin touchait presque le plafond. Le dosseret était orné de coquillages d'or.

Les allégories étaient dues à Kent. On y reconnaissait parfaitement Minerve, déesse de la Sagesse. Sir John l'avait montrée à sa fille lorsqu'elle était enfant. Quelle n'avait pas été sa fierté de se voir ainsi trôner dans la chambre de ses rêves !

Au mur, les tapisseries de Bruxelles contaient l'histoire de Vénus et d'Adonis.

Minerva s'était souvent demandé si elle aurait un jour la chance de rencontrer un Adonis qui la chérirait autant qu'elle-même l'adorerait. C'était bien peu probable : elle menait une vie si étriquée entre son frère et sa petite sœur, sans jamais voir personne en dehors des gens du village !

Pour chasser ces noires pensées, elle continua à faire, de mémoire, le tour du propriétaire : quelles autres pièces pourraient bien charmer le comte ?

Il ne manquerait pas d'être impressionné par le salon. C'était le pinceau de Reynolds qui avait représenté, sur plusieurs toiles, les ancêtres des Linwood : la ressemblance avec Lucy et Minerva était frappante.

Pousserait-il la curiosité jusqu'à descendre dans les cachots ? Minerva, dans son enfance, en avait une peur bleue. David et Lucy, eux, brûlaient de savoir combien de prisonniers y avaient été détenus au-dessous du niveau de l'eau, et s'ils avaient résisté longtemps avant de périr.

« Vous me donnez la chair de poule ! leur avait dit Minerva. Comment pouvez-vous être si cruels ? »

David avait éclaté de rire.

« Ces méchants Danois qui ont traversé la mer pour voler nos chevaux, nos moutons et nos vaches ! S'ils sont morts, bien fait pour eux ! »

Elle avait délibérément passé sous silence le châtiment réservé aux prisonniers d'importance : on les noyait dans les cachots, sans autre forme de procès, en y laissant monter tout doucement l'eau des douves.

Dans la cuisine, pour oublier la monotonie des tâches ménagères, Minerva échafauda un plan : dès que le comte aurait regagné Londres, elle monterait au château avec les enfants.

Ils le verraient alors dans toute sa magnificence : les housses de toile écrue recouvrant les meubles auraient disparu, les volets seraient grands ouverts, la lumière pénétrerait à flots. A leur tour, ils pourraient faire la fête : peut-être allumerait-elle les cierges restants, dans les chandeliers, pour la plus grande joie de Lucy.

Lorsqu'elle ferma les yeux, ce soir-là, elle se mit à rêver que Tony, par on ne sait quel miracle, avait gagné une fortune et racheté le château au comte. Ils reprenaient possession des lieux et vivaient entourés de tous les trésors qui faisaient partie de leur histoire, que personne jamais ne pourrait leur dérober. Tout cela est à nous, se disait-elle en s'endormant. Et même si le comte en est légalement propriétaire, leur vraie place est, pour toujours, dans notre cœur.

Le lendemain matin, Mme Briggs, comme à l'accoutumée, monta du village. Elle venait faire le ménage deux fois par semaine. Naturellement, elle se mit à parler de ce qui se passait au château.

— Y a eu une de ces fêtes, hier au soir, mamz'elle ! Sa Seigneurie a fait venir du monde de Lowersoft et de Yarmouth. Ils étaient pas moins de cinquante à dîner.

— Cinquante !

Minerva imaginait l'immense salle des banquets emplie d'élégantes et de messieurs tirés à quatre épingles. Ah ! Si seulement elle avait pu se faufiler dans la galerie des ménestrels qui surplombait la pièce ! C'était la première fois que cette idée lui traversait l'esprit. Le spectacle devait en valoir la peine ! Mais Tony eût été fou de rage.

Elle interrogea Mme Briggs qui astiquait vigoureusement le parquet.

— Vous avez déjà vu Sa Seigneurie le comte ?

— Pour sûr, mamz'elle. Il passait sur un de ces cheval noir... Puis faut voir comme il est bel homme !

Elle s'accroupit avant de poursuivre :

— On raconte des histoires sur lui. Mais ça, c'est pas pour vos mignonnes petites oreilles !

Aucun doute pourtant : Mme Briggs, dont le fils travaillait au château, avait la ferme intention de dire à Minerva tout ce qu'elle savait.

— Cette étrangère-là — Espagnole à ce que je crois —, eh ben, elle dansait en faisant claquer des espèces de choses entre ses mains.

— Des castagnettes.

— Oui, c'est ça. Et elle relevait ses jupes plus

haut que ses genoux. Je sais pas ce qu'elle aurait dit, madame votre mère, ah ça alors, je sais pas !

Évidemment, une telle exhibition devait sembler pour le moins insolite dans un salon anglais...

Mme Briggs n'avait pas terminé :

— Vous parlez si c'est une tenue chez un comte ! Paraît que c'est pas tout ce qu'elle fait... et une femme mariée par-dessus le marché... Moi, ça m'dégoûte, j'vous le dis !

Minerva n'écoutait plus.

En faisant les poussières du salon et du petit séjour dans lequel elle aimait à se tenir, elle se prit à penser au comte.

Il fallait bien se rendre à l'évidence : il se plaisait au château. S'il s'y était ennuyé, il serait parti depuis longtemps. Que préférait-il ? L'endroit en lui-même ou cette ambassadrice d'Espagne à laquelle Mme Briggs avait fait allusion ?

Elle devait être d'une grande beauté pour susciter à ce point l'intérêt d'un homme que l'on disait fort peu commode et si intimidant.

Minerva s'arrêta devant un des miroirs que sir John avait rapporté du château. Il n'était pas très grand, mais de toute beauté ; le cadre doré était sculpté de fleurs et d'oiseaux. C'était l'un des objets de prédilection de sa mère.

Minerva se regarda dans la glace : son petit visage aux traits fins semblait entièrement dévoré par ses yeux. Contrairement à ceux de Lucy, ils n'avaient pas la pâle transparence d'un ciel d'été. Ils étaient d'un bleu plus vif et plus intense, rappelant la couleur de la mer lorsque le soleil joue avec les vagues. Sous leur éclat, on devinait une secrète profondeur.

L'espace de quelques secondes, Minerva resta là à contempler son image, puis elle se détourna : elle avait mieux à faire.

Tony lui avait dit qu'il la trouvait jolie. Mais le

pensait-il vraiment ? Peut-être avait-il seulement voulu lui faire plaisir ?

Une chose était certaine : c'eût été ridicule de sa part de craindre qu'elle plaise au comte. Comment cela aurait-il été possible alors qu'il était entouré des plus belles créatures de Londres ?

Elle se mit à faire briller, avec amour, une tabatière d'argent que sa mère avait offerte à son père pour leur anniversaire de mariage.

Tout à coup, elle perçut un bruit qu'elle aurait reconnu entre mille. C'était le galop d'un cheval.

Il faisait si chaud qu'elle avait laissé toutes les portes ouvertes ; elle se précipita vers le hall, sûre que Tony lui faisait porter un autre message. Mais en regardant au-dehors, elle eut la surprise de découvrir que l'homme qui descendait de sa monture n'était autre que son frère. Elle courut à sa rencontre en l'accueillant avec un cri de joie :

— Tony, je ne t'attendais pas !

Il attachait son pur-sang à une rambarde que sir John avait fait installer à l'intention des visiteurs de passage. Cela leur évitait la peine d'aller conduire leurs chevaux jusqu'aux écuries.

Lorsque Tony se retourna, Minerva lut sur son visage que quelque chose n'allait pas.

Alors qu'il s'avançait vers elle, Minerva lui posa à toute vitesse une série de questions à peine audibles, tant elle avait de peine à articuler.

— Qu'est-ce qui t'arrive... ? Tu es malade ? Pourquoi es-tu revenu à la maison ?

— Il faut que je te parle, Minerva.

Le timbre de sa voix la fit trembler.

Il entra dans la maison. Après avoir jeté son chapeau au hasard sur la première chaise, il se dirigea vers le petit boudoir. Minerva le suivit. Bien qu'il n'y eût personne pour surprendre leur conversation, elle referma la porte derrière eux d'un geste machinal.

— Alors... qu'y a-t-il ?

Tony se tenait devant la cheminée dont l'âtre était vide.

— Je ne sais pas très bien comment te le dire, balbutia-t-il au bout d'un instant.

— Tu as un problème, dit-elle dans un souffle, et si tu es venu me voir c'est pour me demander de l'aide.

— Personne ne peut plus rien pour moi, coupa-t-il, furieux. Il ne me reste qu'une chose à faire : me brûler la cervelle !

Minerva poussa un cri d'horreur.

— Qu'est-ce que tu racontes ?... De quoi veux-tu parler ?

Elle fit trois pas vers lui, les yeux emplis de compassion. Pour éviter à tout prix de rencontrer son regard, il alla s'accouder à la fenêtre, le dos tourné.

Minerva ne disait mot. Elle sentait son cœur battre à tout rompre et avait le pressentiment qu'un malheur, dont elle ignorait la nature, était arrivé.

Lorsque le silence devint vraiment intenable, Tony se décida à prendre la parole.

— Hier soir, j'ai perdu deux mille livres en jouant aux cartes.

Sa voix, dans la pièce minuscule, avait retenti avec la violence d'un coup de tonnerre. Minerva demeura pétrifiée, comme si le sang, coagulé dans ses veines, avait cessé d'irriguer son cerveau. Elle ne comprenait pas. Non, ce n'était pas possible ! Elle avait fait un cauchemar ! Tony n'avait pas pu dire cela...

Tout en parlant, il continuait à regarder le jardin sans le voir, les yeux dans le vague.

— Je n'ai aucune excuse. Ce n'est pas comme si j'avais trop bu. J'étais tout à fait conscient. En prenant place à la table, je savais parfaitement que je ne pourrais pas payer.

— Mais alors... pourquoi ? interrogea Minerva d'une voix fluette qui n'était pas la sienne.

— En fait, c'est le comte qui a insisté pour que je me joigne à eux. Ils étaient déjà cinq autour de la table. Il restait une place libre, et lorsque je suis passé devant lui pour aller faire une partie de roulette avec les dames, il m'a interpellé.

« Venez avec nous, Linwood ! »

Il n'avait pas eu besoin de le lui dire : Minerva avait deviné que Tony en avait éprouvé de la fierté.

— Je me suis assis. Quand j'ai vu la pile de pièces d'or devant chaque joueur, je me suis dit que j'étais fou de m'être laissé entraîner.

Avant de poursuivre, il poussa un soupir qui semblait monter du tréfonds de son être.

— J'ai manqué de cran, Minerva, je te supplie de me croire. J'aurais dû me lever et m'en aller. C'est ça qu'il fallait faire !

Il y avait tant de douleur dans sa voix que Minerva aurait voulu le prendre dans ses bras pour le consoler, mais elle se contenta de lui demander, dans un souffle :

— Que s'est-il passé ?

— J'ai gagné quelques livres en étant très prudent. Mais les domestiques ne cessaient de remplir les verres et, comme j'étais nerveux, j'ai bu pour me donner du courage.

Minerva laissa entendre un léger murmure. Tony poursuivit :

— Les mises étaient énormes. Tous les joueurs essayaient de battre le comte.

— Et il gagnait ?

— Toujours ! répondit Tony, rouge de colère. Et comme ça ne lui fait ni chaud ni froid de perdre, eh bien, à chaque fois c'est lui qui remporte !

Minerva vit son frère serrer les poings, comme s'il voulait frapper le comte ou s'infliger à lui-même une punition.

Puis, voyant qu'il devait aller au bout de son histoire, il reprit :

— Je ne sais plus très bien comment ça s'est passé, mais brusquement, je me suis retrouvé seul en face du comte. Il n'y avait plus personne, ils étaient tous partis.

— Qu'est-ce qui t'a empêché de t'en aller, toi aussi ? demanda Minerva, fébrile.

— C'est bien ce que j'aurais dû faire et telle était d'ailleurs mon intention. Mais ce diable de comte a jeté un regard circulaire à la table et s'est écrié :

« Alors, tous des poules mouillées ! Et vous, Linwood ? M'affronterez-vous ou devrai-je ramasser la mise ? »

Minerva retint son souffle.

— Il me lançait un défi. Ou je le relevais, ou je passais pour un minable !

— Et tu as... perdu !

Minerva ne savait plus très bien si elle avait parlé tout haut ou si elle avait seulement prononcé ces mots pour elle-même.

— J'ai retourné trois rois et, sur le moment, j'ai cru que j'avais gagné.

— Et lui ?

— Il avait un brelan d'as ! A quoi pouvait-on s'attendre d'autre de sa part ?

Rageusement, il cogna l'encadrement de la fenêtre comme s'il désirait se meurtrir sur la pierre grise.

— Un brelan d'as ! hurla-t-il. J'ai perdu deux mille livres que je n'ai pas !

— Qu'est-ce que tu as fait ? Tu as dit quelque chose ?... questionna Minerva au comble du désespoir.

— La partie était terminée. Tout le monde s'est levé et a quitté la table. Moi, c'était comme si j'avais reçu un coup de massue sur la tête, je suis resté sans voix. Je devais avoir l'air si sonné qu'il m'a dit :

« Vous n'avez pas eu de chance, Linwood. Un mois, comme d'habitude ! Il n'y a pas d'urgence ! »

— Qu'est-ce que cela veut dire ?

— Que j'ai un mois pour lui payer deux mille livres. Deux mille ! Autant me demander la lune ! Tu es bien placée pour le savoir !

Minerva, sentant ses jambes se dérober sous elle, se laissa tomber sur le premier siège à sa portée.

— Que puis-je... faire pour toi ?

Prise de panique, elle parlait d'une voix étranglée.

— C'est bien ce que je suis venu te demander. Comment réunir deux mille livres ? Je ne vois même pas où je pourrais en dénicher deux cents !

— Je suppose qu'il est exclu de lui dire que tu... ne peux pas le payer ?

— Écoute, Minerva, tu connais la formule : « Dette de jeu, dette d'honneur. » Seule la mort me délivrerait de cette obligation.

— Arrête de dire des choses pareilles ! C'est idiot et ça porte malheur !

— Qu'est-ce qui peut m'arriver de pire ? Mon Dieu ! Pourquoi me suis-je laissé entraîner dans cette histoire par un tel homme ?

C'était justement la question que Minerva aurait voulu lui poser mais, en fait, elle connaissait par avance la réponse. Aussi s'en dispensa-t-elle. Tony avait été flatté qu'un homme d'un rang social aussi élevé lui fasse une telle faveur.

Le comte avait tout ce que son frère rêvait de posséder. D'ailleurs, si leur arrière-grand-père ne s'était lancé dans d'aussi folles dépenses, Tony eût été aussi riche que Gorleston.

— Je pense que nous allons devoir vendre la maison.

— Vendre la maison ? répéta Minerva, abasourdie. Mais c'est chez nous. Nous n'avons nulle part où aller !

— Je le sais. De plus, vu où elle est située, nous n'avons aucune chance d'en tirer deux mille livres !

— Mais, Tony, si tu donnes au comte tout ce que

nous possédons — et qui représente si peu — nous allons tous mourir de faim !

Elle se tut un instant avant d'ajouter à mi-voix :

— Et David n'ira jamais à Eton.

— Bon sang ! Qu'est-ce que j'y peux ?

Il arpentait la pièce comme s'il était incapable de tenir en place. On aurait dit un lion en cage. Minerva vit dans ses yeux un éclair de violence qui l'effraya. Elle sentait bien qu'elle devait penser aussi à lui et pas seulement à elle et aux enfants. Alors qu'il passait devant elle, elle tendit le bras et le fit asseoir de force à ses côtés sur le canapé.

— Écoute Tony. Essayons de trouver une idée, comme papa l'aurait fait s'il était vivant. Souviens-toi, il disait toujours qu'il ne fallait surtout pas agir précipitamment. Je suis certaine que c'est le conseil qu'il nous aurait donné.

— Précipitamment... répéta Tony d'une voix légèrement apaisée. Qu'est-ce que ça changerait si j'avais deux mille semaines pour réunir l'argent ! Ce serait quand même impossible !

— Je sais, oui... Mais rien n'est insoluble si nous y réfléchissons et puis, bien sûr, nous pouvons prier.

— Je doute fort que Dieu écoute les suppliques d'un imbécile de mon genre, dit Tony, amer.

— Il entend tout. Et n'oublie pas que papa et maman aussi prient pour nous.

Tony fixait la cheminée, l'air malheureux comme les pierres. Minerva songea qu'il était plus fragile qu'il n'en avait l'air. Elle voulut le réconforter, ainsi qu'elle le faisait avec David.

— Nous allons bien imaginer une ruse pour dire au comte qu'il n'aura pas son argent d'ici à un mois. Tâche de lui faire comprendre que tu le rembourseras peut-être un jour.

— Comment ?

— Je ne sais pas encore. C'est pourquoi je veux prier.

Elle prit la main de Tony.

— Pour l'instant, tu es sous le choc. Moi aussi. C'est ce qui nous empêche d'analyser clairement la situation.

— Tu es une fée, Minerva. Je suis vraiment un moins que rien, une espèce de monstre pour te faire tant de mal ! J'ai honte de moi. Mais je te le jure, je ne l'ai pas fait exprès !

— Bien sûr que non ! A nous de nous montrer intelligents. C'est plus facile de se mettre dans un sale pétrin que de s'en sortir.

Tony se prit la tête à deux mains.

— Comment faire ? Une somme pareille ne se trouve pas sous le sabot d'un cheval !

— Et pourquoi pas ? Et puis, va savoir s'il n'y a pas, dans cette maison, un trésor caché que nous allons déterrer. Peut-être les Danois en ont-ils laissé un en partant ? Les moines, quant à eux, auraient pu également dissimuler une cassette remplie de pièces d'or pour empêcher qu'elle ne soit volée !

— C'est exactement ce que nous disions quand nous étions petits, tu te rappelles ? Nous avions fouillé le manoir de fond en comble et tout ce que nous étions arrivés à dénicher, c'était quelques tonneaux à moitié vermoulus et de vieilles bouteilles de vin madérisé !

— Eh bien, au moins nous faisions notre possible... et nous allons continuer ! Ce n'est plus à la cave ou au grenier qu'il faut chercher cette fois, mais dans notre tête. Et comme nous avons hérité de l'intelligence de papa, je suis certaine que nous allons réussir.

— Tu dis ça pour me réconforter, grommela-t-il. C'est très gentil de ta part. Mais je n'ai aucune excuse, Minerva, comment ai-je pu être aussi idiot ?

— Je comprends parfaitement que tu n'aies pas pu faire autrement, répondit doucement Minerva. En fait, c'est la faute du comte. Il n'avait pas le droit de t'obliger à le suivre dans une telle partie alors qu'il savait pertinemment que tu n'avais pas les moyens de payer !

Tout en parlant, Minerva sentait la haine monter en elle : Tony ne s'était pas trompé. Ce comte n'était pas seulement un triste sire, c'était le diable en personne ! Ah, si elle pouvait le tuer pour ce qu'il avait fait à son frère !

Au bout d'un instant, elle reprit :

— Es-tu tout à fait certain qu'il ne t'écouterait pas si tu lui avouais à quel point nous sommes pauvres ?

— Il s'en moque comme de l'an quarante ! Il est dénué de toute pitié. C'est simple, il n'aime que lui-même !

— Alors, pourquoi veux-tu avoir pour ami quelqu'un de ce genre ?

Elle connaissait par avance la réponse. De toute évidence, le comte représentait une sorte d'idéal pour de jeunes hommes comme Tony.

Il avait tout ce qu'ils désiraient — l'argent, les chevaux, les succès, pas seulement sur le plan social, mais aussi sur les champs de courses et auprès des dames. Il réussissait tout ce qu'il entreprenait : il était né coiffé.

Il avait eu la chance que le château lui soit légué alors qu'il possédait déjà tant de propriétés ! Sa bonne étoile l'avait aussi fait gagner à un jeu de hasard contre tous ses amis qui, à l'exception de Tony, Minerva en était persuadée, auraient été en mesure de payer sans avoir à se saigner aux quatre veines.

Tony se leva.

— Je vois bien que tu voudrais que j'aille le trouver pour le supplier de me tenir quitte de ma dette,

pour l'amour de toi, de David et de Lucy. Et je te jure
que c'est ce que je ferais, en face de n'importe qui.

— Sauf le comte !

— Tout juste. D'abord, il me rirait au nez.
Ensuite, je serais mis au ban de sa petite cour,
auquel cas je n'aurais plus un seul ami. Plus jamais
je n'oserais me montrer à Londres.

Minerva poussa un cri :

— Il serait capable d'être aussi cruel... aussi
inhumain ?

— Je n'ai pas dit cela, mais ce n'est pas à exclure.
Et puis n'oublie pas une chose : tous ceux qui, hier,
jouaient autour de la table sont au courant que je lui
dois cet argent. Alors, s'il cesse de me voir et fait savoir
partout que je ne suis plus son ami, je serai brûlé !

Il retourna vers la fenêtre.

— Fais-moi une promesse, dit Minerva.

— Laquelle ?

— Ne dis rien, surtout ne fais rien sur un coup
de tête !

— A quoi bon ?

— Tu vas voir. Je sens que je vais trouver une
solution, même si pour le moment je ne la saisis pas
très clairement. S'il te plaît, Tony, attends !

— Oui, si ça peut te faire plaisir. Dieu sait, de
toute façon, que je n'ai plus rien à perdre !

— Tu me le jures vraiment, sur tout ce que tu as
de plus cher au monde ?

— Tu as ma parole.

Minerva traversa la pièce et alla se placer à ses
côtés.

— Quand le comte doit-il partir ?

— Aucune idée. Il a l'air de se plaire ici. Il a fait
le tour du château hier, après que tu as envoyé le
livre. On aurait dit que tout le fascinait : la salle de
bal, la chapelle... Il est même allé visiter les cachots
et il est monté en haut de la tour de guet.

Minerva comprenait parfaitement l'intérêt du comte. Mais elle songea qu'il avait sans doute quelque autre mauvaise raison inavouée d'aimer le château. Par sa seule présence, il souillait la beauté de ce lieu qui représentait tant à ses yeux.

Depuis la mort de son grand-père, le château était devenu une sorte de cité interdite. Pourtant, chaque fois qu'elle traversait le hall, elle ne pouvait s'empêcher d'admirer les fresques sublimes ornant le plafond.

Son père lui avait fait remarquer qu'il n'y avait, au centre d'une ronde de Cupidons, qu'une seule figure féminine. Petite fille, elle s'était plu à imaginer que cette déesse n'était autre qu'elle-même. Elle se revit alors danser tout là-haut, symbolisant l'image de l'amour, cet amour qui, aux dires de sa mère, avait toujours habité les demeures où ils avaient vécu, amour qui, en tous lieux, de tout temps, les avait rendus si heureux et leur avait donné, disait-elle, des enfants splendides : Tony, David, Lucy, et bien sûr, Minerva.

En la faisant sauter sur ses genoux, sir John lui parlait des Grecs :

« Les enfants nés de l'amour étaient, croyaient-ils, les plus beaux du monde. Les femmes grecques admiraient les magnifiques statues et se pénétraient des hauts faits des héros. Les dieux de l'Olympe s'en réjouissaient tant qu'ils favorisaient la naissance de merveilleux enfants. »

« Comme maman ? » avait demandé Minerva.

« Exactement. Et comme toi, ma chérie. »

Sir John l'avait embrassée. Depuis ce jour, Minerva n'avait cessé de s'identifier à cette divinité entourée de mille et un petits Cupidons.

Peut-être est-ce l'amour qui va nous sauver à présent, se dit-elle, désespérée. Mais par quel miracle ? Où le trouver ?

— Je ferais mieux de m'en retourner, remarqua Tony, abattu. Je préfère éviter les questions embarrassantes visant à savoir où j'étais. Je ne saurais que répondre.

— Comment es-tu venu ?

— J'espère que personne ne s'est aperçu de rien. Je suis passé par les écuries et ai demandé à un palefrenier de me seller un cheval, comme si je voulais aller me promener.

— Bonne idée !

— Oh ! ne te réjouis pas trop vite. Le comte est un empêcheur de tourner en rond, dit Tony d'un ton hargneux. S'il se doutait que j'ai un secret, il n'aurait de cesse de le percer à jour. Et vu qu'il obtient toujours ce qu'il désire, il ne mettrait pas longtemps à y parvenir.

Minerva eut envie de hurler en entendant parler ainsi son frère. Mais comme si son père lui dictait la conduite à adopter, elle se contenta d'ajouter sereinement :

— Je pense que tu as tort de le craindre. Après tout, c'est un homme comme toi, ni plus ni moins. Nous devons prendre le problème à bras le corps, Tony. Tout ce qu'il nous faut, c'est du courage !

Pour la première fois depuis qu'il était là, Tony regarda sa sœur droit dans les yeux. Contre toute attente, il lui sourit.

— Je t'aime, Minerva. Tu ressembles tant à maman ! Elle aurait parlé comme toi. C'est la voix de la sagesse.

— Alors, je t'en prie, Tony, cesse d'être aussi triste. Souviens-toi de l'histoire des Linwood. Ils ont toujours dû se battre pour parvenir à leurs fins. Et pourtant, la famille ne s'est jamais avouée vaincue. Toi aussi tu passeras ce mauvais cap !

Ne trouvant pas de mots pour répondre, Tony prit sa sœur dans ses bras et la serra de toutes ses forces.

— Tu es merveilleuse, Minerva. Je vais prier, moi aussi, ainsi que tu me l'as demandé. Dieu seul sait ce qu'il faut faire !

— Nous trouverons, Tony. J'en suis convaincue. Mais je t'en supplie... pour l'amour du Ciel, ne joue plus !

— Je suis peut-être un imbécile mais je ne suis pas complètement fou !

— Je suis persuadée que s'ils t'entreprennent encore et si tu as le cœur de leur dire en face que tu n'en as pas les moyens, ils n'auront pas de mépris pour toi, mais du respect.

— Tu as peut-être raison, mais tu comprends, ils sont tellement riches ! Honteusement riches ! Ce qu'est la pauvreté, ils n'en ont pas la moindre idée. C'est à peine s'ils connaissent ce mot ! Ils ne savent pas qu'on peut avoir les poches vides. Les leurs regorgent de pièces d'or !

— Je vois.

Elle sentit les bras de Tony se resserrer autour de ses épaules.

— Quand je pense que tu n'as cessé de regarder à la dépense et de faire des économies de bouts de chandelles, pendant que moi, à Londres, je passais mon temps à jeter l'argent par les fenêtres... Ah ! si tu savais, Minerva, à quel point j'ai honte. Je me sens humilié !

— Voilà bien le dernier sentiment à avoir en ce moment. Relève la tête, Tony. Souviens-toi de ce que faisaient les Linwood lorsqu'ils voyaient les voiles des navires danois se profiler à l'horizon. Ils savaient qu'ils devaient se battre pour les vaincre.

Alors que Tony voulait répondre, sa voix s'étrangla en un rire étouffé qui tenait du sanglot. Il embrassa Minerva sur la joue et se dirigea vers la porte.

— Il faut que j'y aille.

— Tu ne repartiras pas pour Londres... sans me prévenir ?

46

— Non, bien sûr. Et après ce que tu m'as dit, j'ai moins peur qu'en arrivant. Dieu sait pourtant que je n'ai guère de motifs d'être optimiste, mais d'une certaine manière, grâce à toi, j'ai l'impression que les choses vont un peu mieux.

Suivi de Minerva, il traversa le hall et y reprit son chapeau.

— Je suis navré, dit-il. Si tu savais comme je m'en veux.

— Ça va aller, murmura-t-elle dans un souffle.

Elle l'embrassa et lut dans ses yeux toute la douleur du monde.

Tony dévala les marches, détacha son cheval et sauta en selle.

A Minerva, restée sur le perron, il fit un petit signe de la main et lança sa monture au galop.

Elle le suivit du regard jusqu'à ce qu'il ait disparu. Puis elle se dirigea vers la maison, avec la sensation d'avoir été fouettée par la tempête. C'est à peine si elle eut la force d'atteindre le canapé. Elle s'y effondra et se prit la tête à deux mains. Pendant un moment, elle fut incapable de réfléchir, tant il lui était difficile de croire à ce qu'elle venait d'entendre.

Puis elle se mit à prier, frénétiquement, avec l'énergie du désespoir. Seul le plus grand, le plus inattendu des miracles pourrait les sauver!

Minerva alla border les enfants dans leur lit. Elle se dirigea ensuite vers la cuisine et se fit un petit bol de soupe avec les restes de viande du déjeuner. Elle mangea debout, et lorsqu'elle eut lavé la vaisselle, pensa qu'elle ferait aussi bien d'aller se coucher même s'il était un peu tôt.

D'habitude, le soir, elle lisait dans le petit salon. Elle veillait très tard tant elle était passionnée par son livre. Pour l'heure, le drame qui frappait Tony et toute la famille dépassait en intensité tout ce qu'elle aurait pu trouver dans une fiction.

« Que faire ? Que faire ? »

La question, d'écho en écho, semblait se répercuter d'un mur à l'autre de la pièce. Le vent, au-dehors dans les feuillages, la lui murmurait à l'oreille. Les corbeaux, eux aussi, perchés au faîte des ormes, la lui répétaient en croassant.

Il devait bien y avoir une solution ! Comment avaient-ils pu se mettre dans cette situation : devoir quitter leur maison quand ils n'avaient aucun autre logis pour les abriter ?

Elle avait couché Lucy dans la jolie petite chambre voisine de la sienne. Puis elle était allée embrasser David qui dormait au milieu de ses trésors. A ses yeux, ils avaient la valeur de toutes les porcelaines qu'elle aimait tant, puisqu'elle les tenait de sa mère. Et ces tableaux : elle les adorait. N'avaient-ils pas fait la fierté de son père ? Certains étaient des portraits de leurs ancêtres. Comment concevoir que tout cela puisse être emporté dans la tourmente ?

Ils ne seraient plus que des nomades, pour toujours réduits à l'errance, privés de toit. Auraient-ils seulement de quoi manger ?

« Il existe sûrement une solution », se répéta Minerva.

Et Tony ? Que pourrait-il bien avoir en tête une fois qu'il se retrouverait au château ? Elle imaginait tous les convives installés autour de la table, dans la grande salle à manger d'apparat, occupés à déguster les mets succulents préparés par l'incomparable chef français du comte. Tony lui avait dit qu'ils dépassaient en finesse tous ceux que l'on servait dans les autres maisons du *beau monde**.

Minerva pensait à toutes ces créatures de rêve,

* En français dans le texte.

48

parées de leurs plus beaux atours et couvertes de bijoux scintillants, papillonnant, au mépris de toute morale, avec le comte et les autres invités. Tony devait les trouver irrésistibles. En fermant les yeux, elle croyait entrevoir, debout derrière chaque chaise, un valet vêtu d'une splendide livrée, remplir, des meilleurs crus, les verres de cristal.

Et tout cela pour le bon plaisir d'un homme, un seul, le comte ! Ce vil individu que Tony ne voulait pas lui faire rencontrer et qui, ignorant jusqu'à leur existence, avait brisé leur vie. Pas seulement celle de Tony. Car David, Lucy et elle allaient être emportés dans le naufrage.

Totalement inconscient du drame, le comte devait tranquillement faire sa cour à la ravissante ambassadrice qui ne se privait pas de trahir un époux au service de son pays.

« C'est un monstre ! se dit Minerva. Lui survivra, tandis que nous, nous mourrons de faim ! »

Puis, tout à coup, un éclair de génie lui traversa l'esprit. Une idée si extravagante, si incroyable que, l'espace d'un instant, elle eut presque envie de rire tant elle la jugeait insensée.

Mais, à y bien réfléchir, elle se prit à penser qu'après tout, elle n'était peut-être pas aussi impossible à mettre en œuvre qu'il y paraissait.

Qu'elle réussît, et le problème de Tony serait résolu. Toute la famille serait sauvée du désastre !

3

— Vous êtes trrrès élégant... et quelle énerrrgie ! dit la *Marquesa* Isabella de sa voix suave de séductrice.

— J'en ai grand besoin avec vous, répliqua le comte.

Il avait beau avoir une longue expérience des femmes, jamais il n'en avait rencontré une qui fût aussi passionnée et insatiable que la *Marquesa* Alcala. Dès le premier coup d'œil, il l'avait trouvée extrêmement attirante.

Ils s'étaient rencontrés au cours d'une réception diplomatique officielle plutôt guindée. Elle y jouait son rôle d'ambassadrice avec une aisance dont le comte, par la suite, avait eu l'occasion de la féliciter. En croisant son regard, il avait tout de suite compris que ce qu'elle lui disait, en silence, avec les yeux, n'avait rien à voir avec les propos conventionnels que distillait sa bouche.

Le comte avait traqué sa proie avec la même détermination brutale qu'il eût manifestée, par exemple, dans une chasse à courre. Entre elle et lui, ce n'était qu'une question de temps. Tôt ou tard, il serait seul avec la *Marquesa*. Il avait senti aussitôt qu'elle l'enflammait. Quelle aubaine ! Il n'allait pas la laisser échapper !

Alors qu'il projetait de visiter le château et d'y organiser une fête préparée avec un soin méticuleux, l'ambassadeur apprit qu'il était rappelé à Madrid.

Le comte avait admiré la manière dont la *Marquesa*, prétextant quelques soirées auxquelles elle ne pouvait se soustraire, avait d'abord décliné l'invitation. Et puis, elle avait su faire ressortir son impossibilité de quitter Londres, tant ses obligations étaient nombreuses vis-à-vis d'autres diplomates étrangers.

Le jour où elle s'était jetée dans ses bras, il avait compris que le départ inopiné du marquis était un signe de la providence. L'un et l'autre étaient bien décidés à saisir leur chance.

Il n'avait pas eu besoin d'insister beaucoup pour qu'elle le suivît au château, l'affaire de deux ou trois jours tout au plus. Les heures qu'ils passaient ensemble étaient si affolantes que le comte n'était nullement pressé de s'en retourner à Londres. La nuit précédente — qui s'était prolongée au-delà des premières lueurs de l'aube — ils avaient, jusqu'à l'ivresse, donné libre cours à leur passion. L'appétit d'Isabella ne semblait pourtant nullement assouvi.

A la fin du déjeuner auquel participaient de nombreux convives, le comte avait deviné le désir de la marquise. Il n'avait pas répondu sur-le-champ à l'appel de ses yeux fiévreux : il lui fallait veiller à ce que tout le monde ait, cet après-midi, une occupation qui, pour Isabella, était toute trouvée.

Quelques hommes avaient souhaité monter à cheval, imités en cela par une ou deux femmes de l'assistance. La plupart des autres avaient préféré conduire les phaétons gracieusement mis à leur disposition par le comte : ils étaient fiers de montrer leur habileté à tenir les rênes de ses magnifiques pur-sang d'élevage.

Ce n'est qu'après le départ de tous les convives que le comte s'était enfin retrouvé seul avec Isabella.

— Brrravo ! lui dit-elle de sa voix chaude.

L'anglais, qu'elle écorchait systématiquement, prenait dans sa bouche des inflexions brûlantes.

Un cabriolet les attendait. Le comte — peut-être pour donner le change — émit le désir d'aller faire une courte promenade. Elle fut, il est vrai, très courte : les mots qu'Isabella lui souffla à l'oreille, sous les frondaisons, lui donnèrent, autant qu'à elle, le désir de rentrer au plus vite.

A peine arrivés, ils gravirent ensemble les marches du grand escalier. Ils évitèrent d'aller dans la chambre d'Isabella où la femme de chambre aurait pu les surprendre. Il l'emmena dans la sienne.

Elle connaissait déjà l'immense lit de velours rouge au dosseret sculpté de coquilles d'or. Espagnole, elle adorait les couleurs vives. Dans cette pièce tendue de tissu cramoisi, elle semblait, plus encore qu'à l'habitude, enfiévrée par la passion.

En riant sous cape, le comte songea que même la Vénus de la tapisserie ne devait pas se livrer avec son Adonis à des ébats plus ensorcelants...

L'après-midi touchait à sa fin. En dépit de la nonchalance qui l'envahissait, le comte réalisa que les invités n'allaient pas tarder à rentrer. Isabella et lui devraient être redescendus avant leur retour.

Désormais, tous ses hôtes étaient au courant de leurs relations. Pourtant, devant les domestiques, il s'efforçait de respecter plus ou moins les convenances. Non qu'il eût honte de ce qu'il faisait. Après tout, il était libre. Mais toutes les femmes présentes étaient mariées. Il eût été regrettable qu'un des époux, d'ordinaire si complaisants, jugeât son honneur bafoué.

La société plaçait une frontière très ténue entre ce qui était ou non permis à une femme mariée.

Une règle tacite s'était établie : au bout de quelques années, le mari, doté d'une descendance devant hériter de son titre, était censé fermer les yeux sur toutes les *affaires de cœur** de son épouse, pour autant que celle-ci évitât de s'afficher au grand jour.

Mais les choses s'étaient singulièrement compliquées depuis l'accession au trône du roi Guillaume IV. Son prédécesseur — et frère — George IV, avait ouvert la voie en faisant accepter ses maîtresses par la société tout entière. Les hommes de son entourage y avaient vu un encouragement : ils avaient suivi l'exemple.

Guillaume IV, lui, avait épousé la reine Adélaïde, une femme très digne, un rien collet monté, qui l'avait fortement engagé à faire, à la cour, des économies draconiennes. Elle entendait aussi mettre

* En français dans le texte.

bon ordre dans les mœurs des courtisans, des dames d'honneur, et de quiconque ayant affaire de près ou de loin à la famille royale.

Un jour, un de ses amis s'en était ouvert au comte de Gorleston :

« Buckingham Palace, c'est l'enterrement de première classe ! Quand je dois y être, je compte les minutes qui me séparent du moment où je pourrai enfin quitter les lieux ! »

Le comte s'était épargné ce type de corvée en refusant, avec une belle constance, toutes les invitations qu'il avait reçues. Il évitait ainsi autant que possible de se trouver en présence du roi.

Il possédait une propriété à Newcastle, où il faisait courir ses chevaux, et une autre dans le Hertfordshire. Il avait également un pavillon de chasse dans la région de Leicester.

Il était donc tout excusé de ne pas assister aux dîners et autres réceptions auxquels il était convié par le Grand Chambellan.

Il avait, par avance, la conviction qu'il s'y serait ennuyé à mourir. L'une de ses plus grandes satisfactions, au château, était de se mettre hors de portée des zélateurs qui voulaient l'entraîner, contre son gré, dans toutes sortes de fausses réjouissances ayant pour cadre la royauté, la politique ou la diplomatie. Là, au moins, ils n'avaient aucun moyen de pression. Impossible de lui forcer la main !

— Vous m'avez rrrendue trrrès heurrreuse, murmura Isabella.

— Je pourrais vous retourner le compliment...

Il pensait, ce disant, que tous les invités avaient, eux aussi, passé un excellent après-midi. Comme à son habitude, il avait tout fait pour que la fête fût une parfaite réussite.

Son chef s'était surpassé. Quant aux vins, il n'en avait bu d'aussi exquis nulle part ailleurs.

Dès son arrivée, il avait été saisi par la splendeur du château. Lorsque ses notaires lui avaient annoncé qu'il était le légataire de feu l'ancien propriétaire, il s'était attendu à un domaine hors du commun.

Pourtant, quand ils lui avaient fait l'éloge de l'édifice, du mobilier et des tapisseries, un rien de scepticisme l'avait envahi. Il n'avait pu s'empêcher de penser que cela devait cacher quelque chose : sans doute avaient-ils de bonnes raisons d'en rajouter de la sorte.

Mais à peine avait-il franchi le seuil du vaste hall de marbre qu'il avait éprouvé un sentiment contraire. Les tabellions avaient commis une erreur, oui : ils avaient sous-estimé sa nouvelle propriété ! Chaque pièce qu'il découvrait lui semblait plus fascinante que la précédente.

Allongé sur le grand lit de velours rouge aux côtés d'Isabella dont la chevelure de soie tombait en cascade sur sa poitrine, il avait la sensation d'avoir atteint au sublime. Sans se l'avouer clairement, il savait que c'était bien là son rêve de toujours qui se réalisait. Obtenir le meilleur, gagner, conquérir : telle était sa volonté permanente. Son ambition ne laissait aucune part au hasard, bien que son esprit ne parût pas s'y appliquer.

Isabella se serra un peu plus contre lui. Il prit conscience que le temps passait.

— Levons-nous, dit-il, il est l'heure. Les autres ne vont pas tarder à arriver. Nous aurions tort de leur donner à penser que nous avons pris du si bon temps en leur absence.

Isabella haussa les épaules, ce qui en disait bien plus long que des mots.

— Ils peuvent rrraconter ce qu'ils veulent, ça nous est égal.

— Malheureusement, répliqua cyniquement le comte, aussi charmants soient-ils, ils ont tous une langue! Cette arme peut s'avérer dangereuse, ma chère Isabella, surtout si elle se retourne contre une jolie femme.

— Ce sont des Anglais, ils ne connaissent rrrien à l'amourrr.

— Vous, en revanche, vous êtes experte!

Tout en parlant, il s'était écarté d'elle. Isabella poussa un cri de protestation.

— Non! Non! Ne me quittez pas! Rrrestez avec moi. Je le veux! Je vous veux!

— Laissez-moi reprendre mon souffle ou, comment dire? récupérer des forces. La nuit n'est pas si loin, savez-vous.

— Je ne pourrrai pas attendrrre la nuit! Je vous veux, tout de suite! Maintenant!

Le comte ne répondit pas. Il prit une longue robe de chambre assortie aux rideaux de velours rouge, s'en revêtit, puis se dirigea vers l'antichambre attenante. Il referma la porte derrière lui.

La *Marquesa*, qui s'était assise sur le lit, regarda dans cette direction sans pouvoir dominer sa rancœur. Une fois de plus, elle haussa les épaules et se mit en devoir de se rhabiller. Elle ramassa les vêtements qu'elle avait jetés ici et là, sur le canapé ou à terre. Elle était occupée à passer sa robe lorsque le comte entra dans la pièce.

Il mettait moins de temps à s'habiller seul que lorsqu'il était aidé de son valet de chambre. Élégant, tiré à quatre épingles, il avait tout de l'homme qui vient de sortir de l'Opéra.

Il constata que la *Marquesa* était dans une tenue décente.

— Je vous suggère de vous esquiver par mon salon privé. La porte du fond donne sur votre chambre. Je descends. Rejoignez-moi dès que vous serez prête.

Il lui sourit tendrement. Au moment où il s'apprêtait à quitter ses appartements, elle s'interposa.

— Je vais avoirrr de la peine à attendrrre la nuit, mon ami.

Le comte lui prit la main, la baisa. Sans ajouter un mot, il se dirigea vers la porte et sortit dans le couloir. Il n'y avait personne à l'horizon. Arrivé au sommet de l'escalier, il prit conscience de son épuisement.

« C'est toujours la même chose, pensa-t-il, les femmes en demandent trop aux hommes. Elles veulent les enchaîner à des moments où ils ne rêvent que de repos ! »

Alors qu'il descendait lentement les marches, il réalisa soudain que s'il demeurait là beaucoup plus longtemps, son séjour pourrait devenir peu tolérable, au moins pour ce qui était de la compagnie d'Isabella.

« Je rentre à Londres », décida-t-il.

Il jeta un coup d'œil par la porte ouverte du grand salon bleu. C'était sans aucun doute la pièce la plus belle qu'il eût jamais vue. Tout à coup, il n'eut plus envie de quitter le château. Il se demanda alors s'il ne pourrait pas renvoyer tous les invités et rester là, seul. Comme de coutume, ceux qui étaient revenus de leur promenade attendaient au salon. Un plateau de thé avait été disposé sur l'une des tables, devant le canapé. Lady Janet Cathcart était en train de le servir.

Lorsqu'il se trouva à sa hauteur, elle leva les yeux et lui dit :

— Alors, Wogan, Julius voulait vous avoir à la course. Il vous a attendu sur le pont. Et vous n'êtes pas venu !

— Je crains de l'avoir oublié. Je vous prie de m'en excuser.

Elle lui adressa un sourire enchanteur.

— Comment pourrais-je vous en vouloir alors que vous m'avez invitée à cette charmante fête ? Tout ce que j'espère, c'est que cela ne reviendra pas aux oreilles de Douglas.

Douglas était son mari. Le comte songea qu'il valait mieux qu'il ne sût pas comment sa femme s'était conduite.

Tony Linwood, l'un des nouveaux amis du comte, ne l'avait pas quittée une seconde. La veille au soir, pendant qu'Isabella dansait et jouait des castagnettes, il les avait vus s'esquiver tous les deux, là-haut dans les chambres, bien avant tout le monde.

— Je vous en prie, Wogan, invitez-moi à votre prochaine réception. Puisse-t-elle être aussi réussie que celle-ci !

— Je vous promets que vous serez la première sur ma liste !

Lady Janet lui sourit. Elle n'avait pas eu besoin d'en dire davantage. A l'expression de son regard, Wogan avait tout de suite compris qu'elle aurait désiré être, pour lui, tellement plus qu'une simple invitée !

Comme elle était d'une grande beauté, il se demanda, en froid calculateur, si la réciproque était vraie.

C'est alors que la *Marquesa* fit son entrée dans la pièce. Elle portait une robe écarlate qui mettait merveilleusement en valeur son teint de pêche et sa chevelure d'ébène. Elle remarqua d'emblée que le visage de Janet était tourné vers celui du comte. Celui-ci semblait la contempler comme si elle lui appartenait.

En un éclair, ses yeux de jais prirent feu. Mais ils ne brûlaient pas de la même flamme que dans l'après-midi. Lorsqu'elle fut près de la table, elle posa ses longs doigts sur le bras du comte.

D'une voix lourde d'insinuations, elle lui dit :

— Je n'ai pas mis longtemps, Wogan, mais j'espèrrre que je vous ai manqué !

Tout en parlant, elle jeta à lady Janet un regard qui eût figé sur place toute femme moins expérimentée et plus vulnérable aux coups de Jarnac de ses semblables.

— Bien sûr que vous lui avez manqué ! répliqua lady Janet sur un ton doucereux. Permettez-moi de vous donner un bon conseil, Votre Excellence. N'abandonnez jamais nulle part rien de précieux susceptible de vous être dérobé.

— Ah ! Si quelqu'un s'avisait de me voler mon bien, il s'en morrrdrrrait les doigts !

Le ton était lourd de menaces.

« Des tigresses », pensa le comte en les voyant toutes deux se tenir tête.

Exaspéré d'être l'enjeu de cette passe d'armes, il cherchait un moyen de les séparer lorsque la porte s'ouvrit sur le maître d'hôtel.

— Son Excellence le *Marqués* Juan Alcala, Monsieur le comte, annonça-t-il solennellement.

Sidéré, le comte se raidit. Isabella parut pétrifiée.

L'ambassadeur, encore vêtu de sa tenue de voyage, portant une cape qui flottait derrière lui comme deux ailes noires déployées, fit une entrée majestueuse. Isabella poussa un cri qui sembla se répercuter en écho sur les quatre murs de la pièce avant de parvenir jusqu'à lui.

Tous les regards de l'assistance se pointèrent vers eux. La marquise se précipita vers son mari en l'accablant de questions incohérentes :

— Vous ici ? Est-ce possible ? Comment m'avez-vous trrrouvée ?

— Débarquant à Londres plus tôt que prévu, je me suis dit, Isabella, que si vous étiez dans ce pays, vous aimeriez *m*'avoir auprès de vous.

Quelque chose donnait à son propos une résonance sinistre, le timbre d'un glas.

Convaincus qu'un événement fâcheux venait de se produire, tous les hommes firent spontanément mouvement vers le comte. Celui-ci allait au-devant de l'ambassadeur, la main tendue.

— Quel plaisir de vous voir, Excellence. J'avais

été très déçu d'apprendre que vous étiez rentré en Espagne et que vous ne pourriez assister à la réception. Alors, de tout cœur, je vous souhaite la bienvenue parmi nous. Je n'ai pas encore idée de la date de mon retour à Londres.

L'ambassadeur ne répondit pas, mais son manque de cordialité n'échappa à personne. Chacun accueillit donc avec un certain soulagement son vœu de se reposer du voyage. Accompagné de sa femme, il gagna ses appartements.

— Pour une surprise, c'en est une, dit l'un des amis du comte, quand le couple se fut éloigné. Pensez-vous qu'il avait un motif d'arriver sans prévenir ?

— Quelle idée ! répliqua le comte, affectant la désinvolture.

Lorsqu'il se fut éloigné, son ami s'adressa à Tony :

— Si vous voulez mon avis, nous pourrions bien essuyer un coup de chien. On ne peut jamais leur faire confiance, à ces étrangers, surtout aux Espagnols ! Ils sont capables de devenir violents dès qu'il s'agit de leur honneur.

Tony, qui s'efforçait de ne pas laisser paraître ses propres préoccupations, émit un vague murmure d'approbation.

Plus tard dans la soirée, lorsqu'il monta s'habiller pour le dîner, il s'aperçut que ni la *Marquesa* ni son époux n'étaient redescendus au salon.

A cause de la présence de l'ambassadeur, il y eut un nombre impair de convives autour de la table. Tony, le plus jeune et le moins prestigieux des invités, se retrouva donc assis à côté d'un homme — et non d'une femme —, et de lady Janet.

La qualité du dîner était aussi remarquable que la veille et les vins, délicieux. Tony eut pourtant le sentiment que, depuis l'arrivée de l'ambassadeur, le cœur n'y était plus.

Juan Alcala conversait plaisamment avec ses deux voisins mais il émanait de lui, semblait-il, une nervosité contagieuse. Les rires insouciants d'hier s'étaient tus. Les reparties, pleines d'esprit, qui n'avaient cessé de fuser cependant que l'on jouait, avaient cédé la place à des silences sans fin. Par moments aussi, la *Marquesa* parlait d'une voix anormalement stridente qui sonnait faux.

Elle faisait ostensiblement son possible pour convaincre son mari qu'elle était enchantée qu'il fût là. Mais il n'était pas facile de lire les pensées de l'Espagnol dans son regard noir. Il tirait du caractère héréditaire de la dureté de ses traits une vanité hors du commun, et s'exprimait avec cette courtoisie conventionnelle que confèrent les usages diplomatiques. Mais Tony avait deviné que le feu couvait sous la cendre. De toute évidence, l'ambassadeur gâchait la fête.

Tony qui, cette fois, n'avait nullement l'intention de jouer, entraîna lady Janet dans l'une des alcôves du salon. Depuis le premier jour, il était son chevalier servant. En s'asseyant sur le canapé qui était presque entièrement dissimulé par des bouquets de fleurs, elle lui demanda:

— Qu'y a-t-il? Quelque chose vous tracasse?

— Non, rien, préféra-t-il mentir. Je me disais simplement que la soirée était sinistre.

— Cela vous étonne? fit-elle avec un petit sourire de connivence. Notre hôte s'était félicité d'avoir réussi à ravir la belle Isabella en l'absence de son époux. Mais, voyez! Le voilà qui arrive — sans que l'on sache pourquoi — au moment où on l'attendait le moins!

— Que va-t-il faire selon vous? Il pourrait difficilement provoquer Wogan en duel, sauf s'il a une bonne raison.

— S'il en veut une, il la trouvera, répliqua-t-elle finement.

Tony, non sans inquiétude, jeta un regard à la ronde.

Le comte, qui jouait aux cartes, avait l'air parfaitement à l'aise.

Comme s'il avait senti qu'on parlait de lui, l'ambassadeur s'approcha d'eux.

— Superbe propriété ! s'exclama-t-il à l'adresse de lady Janet. Vous êtes déjà venue ?

— Non. Pas plus que Wogan, d'ailleurs. Il vient juste d'hériter.

— Quelle chance pour lui !

— C'est l'avis de tous. Vous devriez lire l'histoire du château. Il appartenait jadis à la famille Linwood. Un livre entier lui est consacré. Vous saurez tout, avec mille détails, sur la tour de guet. Et ce sont les cachots d'origine, tels quels.

Elle montra la pièce d'un geste circulaire de la main, poursuivant :

— Et ce ravissant salon... Les meubles d'acajou, ornés de dorures, sont parmi les plus beaux jamais réalisés par William Kent.

— Très intéressant, dit l'ambassadeur.

Tandis qu'ils devisaient, Isabella avait rejoint son époux.

— Demain, Juan, vous devriez demander au comte qu'il vous fasse visiter les oubliettes. Extraordinaires ! Rien de commun avec celles de votre propriété de Madrid !

L'ambassadeur ne souffla mot. Il se contenta d'un haussement de sourcils.

Sa femme poursuivit, comme si elle craignait que la conversation ne s'interrompît :

— Dans la geôle principale, nous a-t-on dit, on noyait les prisonniers danois en libérant l'eau des douves. Peut-on imaginer pire supplice ?

Devant le ton si artificiel de ses propos, Tony eut l'impression qu'elle devait décidément être en plein désarroi. Janet, à coup sûr, partageait cet avis.

Ils se sentirent soulagés lorsque l'ambassadeur et son épouse s'éloignèrent vers la table de jeu.

— Quel homme glacial ! s'exclama lady Janet. Il est venu pour lui causer des ennuis, pas de doute !

— Cela ne m'étonnerait pas ! Si l'orage doit éclater, autant se mettre à l'abri.

— Voilà qui est sage, murmura-t-elle. Filons discrètement, personne ne s'en apercevra.

Mine de rien, ils se dirigèrent vers la porte donnant sur l'antichambre et disparurent. Seul le comte avait remarqué leur départ.

Comme si la présence de l'ambassadeur avait mis d'autres invités mal à l'aise, l'assemblée commença à se disperser. Un à un, les couples se dérobèrent, et le comte se retrouva seul.

Les domestiques se mirent à ramasser les verres et à retirer les tables de jeu. Le comte quitta le salon et, l'espace d'un instant, hésita entre son bureau et sa chambre. Puis, voyant que les laquais mouchaient les chandelles, il décida de monter dans ses appartements.

Au lieu d'appeler son valet, il traversa la chambre de velours rouge et passa au salon attenant.

Une chance, ne put-il s'empêcher de penser, que l'ambassadeur ne soit pas arrivé une heure ou deux plus tôt !

Alors qu'il s'asseyait dans l'un des confortables fauteuils, il se rassura en pensant qu'une fois encore sa bonne étoile brillait au firmament.

Rien ne viendrait confirmer les doutes de Son Excellence, à supposer qu'elle en eût, sauf si quelque invité parlait — hypothèse hautement improbable. En fait de soupçons, l'ambassadeur en avait, c'était certain.

Il avait sûrement trouvé étrange, en rentrant à Londres, de constater que sa femme était partie pour le Norfolk.

Le comte n'avait pas l'habitude de sous-estimer ses adversaires. Il était persuadé que Juan Alcala en était à se demander s'il devait le provoquer en duel. Son seul espoir était qu'Isabella, si impulsive, imprévisible et fantasque, gardât la tête froide. Il connaissait trop le comportement insensé des femmes accusées d'infidélité : elles écoutent la voix de leur cœur, pas celle de la raison.

En posant les pieds sur la chaise qui lui faisait face, il regretta de ne pas avoir trouvé l'occasion de souffler à Isabella ce qu'il fallait dire. Il aurait aimé s'assurer que ses mensonges — inévitables — auraient au moins quelque vraisemblance.

Mal remis de ses fatigues de l'après-midi, il sombra dans le sommeil et oublia ainsi ses ennuis. Mais comme il s'était endormi dans une mauvaise position, il ne fit que des cauchemars.

Le comte se réveilla en sursaut. Ses jambes étaient ankylosées et il frissonnait.

Il avait retiré sa veste de smoking et l'avait jetée sur une chaise. Il sentait, à travers sa chemise de voile, le vent froid pénétrer par la fenêtre ouverte. Il se leva lentement et songea qu'il ferait mieux d'aller se mettre au lit. Ses problèmes attendraient bien jusqu'au matin. La question cruciale était de savoir s'il devait annoncer son retour à Londres. Tout bien pesé, il serait peut-être plus raisonnable de laisser l'ambassadeur et sa femme partir les premiers. Sans doute était-ce d'ailleurs l'intention de la *Marquesa*. Il semblerait plus normal qu'il restât là un jour de plus.

Il éteignit les chandelles qui avaient coulé le long du candélabre de cristal posé sur la table et se dirigea vers sa chambre.

Alors qu'il portait la main à son col pour desserrer sa cravate, il prit brusquement conscience d'une présence. Il n'avait pas sonné le valet de chambre. Seuls deux cierges étaient allumés auprès du lit : l'éclairage était très insuffisant, compte tenu des dimensions de la pièce.

Dans la pénombre, il distinguait la silhouette d'un jouvenceau, plutôt petit, mince. A sa grande stupeur, il s'aperçut qu'il était masqué. L'espace d'un instant, le comte et l'intrus demeurèrent figés, face à face. Puis l'individu brandit un pistolet dans sa main droite.

— Vous me payez la somme que j'exige, sinon je vais de ce pas informer l'ambassadeur de votre liaison avec sa femme !

Ce qui se passait était invraisemblable. Le comte demeura interdit.

— Qui êtes-vous ? Que diable venez-vous faire ici ?

— Je viens de vous le dire ! Je veux deux mille livres en échange de mon silence !

— Vous croyez vraiment que je vais vous les donner ?

— Vous n'avez guère le choix ! Imaginez le scandale ! L'ambassadeur voudra venger son honneur et celui de son nom, bafoué par sa femme.

Le comte examina rapidement la situation. Ses yeux s'étant accommodés à la semi-obscurité, il vit que la hauteur à laquelle le masque pointait son arme pouvait être très dangereuse. S'il tirait, il serait sans aucun doute atteint en plein cœur ou au moins grièvement touché à la poitrine. Dans l'autre main, l'homme tenait un petit fanal qui lui avait permis de s'éclairer dans le sombre corridor menant à la chambre de velours rouge.

Après un silence, l'inconnu répéta :

— Deux mille livres ! Je n'attendrai pas toute la nuit !

— Je peux vous faire une reconnaissance de dette.

— Sachez que si vous ne l'honorez pas, je vais, sur-le-champ, tout raconter à l'ambassadeur !

— Très bien !

Il alla s'asseoir à son bureau, devant la fenêtre. La seule arme en sa possession se trouvait dans le tiroir de la table de nuit. Impossible de la prendre : l'homme masqué ne le laisserait pas faire.

Pendant leur conversation, il s'était posté au pied du lit, plus près du comte. Le dos tourné à la pièce, ce dernier rédigea une reconnaissance de dette de deux mille livres et y apposa sa signature. En se retournant, il constata que l'inconnu avait posé sa lanterne sur la table de chevet.

Le comte se leva.

— Voici, dit-il, en tendant le papier. J'espère que je peux vous faire confiance et que vous n'allez pas empocher l'argent pour rapporter ensuite des histoires mensongères à l'ambassadeur, ruinant ainsi la réputation de la marquise.

— S'il s'agissait d'inventions, vous n'auriez pas besoin de me payer !

Le sarcasme n'avait pas échappé au comte.

Alors que le maître chanteur tendait la main gauche pour prendre le précieux billet, sa victime fit un brusque pas en avant, saisit son autre poignet, et leva brutalement le bras qui tenait le pistolet. L'homme se défendit, mais le comte était le plus fort.

En un éclair, il s'était emparé de l'arme, avait fait pivoter le bandit sur lui-même et, d'une poigne de fer, lui avait retourné le bras.

— Maintenant, les rôles sont inversés, dit-il.

L'intrus se débattait comme un beau diable, mais ses efforts pour faire lâcher prise au comte demeuraient vains. Celui-ci le tira jusqu'à la fenêtre et attrapa l'embrasse de soie qui servait à maintenir ouverts les doubles rideaux. En une fraction de seconde, il lui ligota les poignets et noua la corde si fort qu'il lui était impossible de se délivrer.

Le comte ramassa le pistolet :

— Comme je n'ai pas l'intention de réveiller toute la maisonnée à cette heure-ci, ni de vous donner l'occasion de faire un esclandre, je vais vous enfermer en lieu sûr pour la nuit. Demain, je déciderai si je vous livre à la justice ou si je vous règle votre compte moi-même.

— Laissez-moi... partir !

C'est à peine s'il avait entendu.

— Pas question ! rétorqua-t-il d'un ton acerbe. Les maîtres chanteurs sont des criminels. Vous êtes passible du fouet ou de la relégation. Vous le savez, je suppose. Alors, voulez-vous me suivre bien gentiment ou désirez-vous que je vous assomme pour vous transporter ?

Il appuya le canon de l'arme dans le dos du fripon et le bouta vers la porte. Au passage, il prit le fanal sur la table de nuit. Pour éclairer le corridor, seules quelques rares bougies brillaient encore dans les candélabres. Le plafond était si haut et le couloir si large que le comte et son prisonnier durent presque se diriger à tâtons pour trouver l'escalier.

Le comte tenait l'homme en respect devant lui. Il leur fallut du temps avant d'atteindre la tour de guet. La lourde porte de chêne était ouverte.

— Descendez les marches, commanda-t-il. Faites attention où vous mettez les pieds.

Il parlait sur un ton cassant et autoritaire, comme s'il donnait des ordres à un soldat.

Le masque avançait avec précaution, sans trébucher. L'escalier s'enfonçait si profondément qu'ils furent bientôt sous terre. Le comte savait qu'ils étaient au-dessous du niveau des douves. Jadis, le fossé faisait tout le tour du château. Actuellement, il n'en restait plus qu'un tronçon, au pied de la tour de guet. Devant le bâtiment le plus récent, il avait été comblé. Lorsqu'il était monté au sommet, le comte avait vu que l'eau était très profonde mais, chose curieuse, relativement claire. Le bord était couvert de plantes aquatiques qui avaient grandi, dans les interstices, entre les anciennes pierres.

Depuis qu'ils avaient quitté la chambre, le captif n'avait pas prononcé un mot. Le comte poussa la porte des oubliettes. Elle n'avait pas été refermée après sa visite de la veille avec quelques invités.

A la lueur tremblante du fanal, le cachot prenait une allure menaçante. Mais on ne pouvait trouver prison plus sûre.

— Maintenant, vous resterez là jusqu'à ce que j'aie décidé de votre sort, lança le comte. Comme je suis bon prince, je vais vous détacher les poignets. Mais, je vous préviens, si vous essayez de me frapper, je vous abats. Est-ce clair ?

L'homme hocha la tête, sans mot dire.

Le comte jeta un regard à la ronde et aperçut un gros clou qui dépassait du mur. Il y suspendit la lanterne. Glissant le pistolet sous son bras, il délia les poignets du prisonnier.

La geôle était froide et humide. Il y flottait une odeur désagréable qui ajoutait à l'horreur de l'endroit. Le comte jeta la corde à terre et reprit l'arme dans sa main.

— Voilà. A présent, vous allez avoir tout le temps de vous repentir de votre crime. Je puis vous certifier, sur la foi de l'ancien propriétaire, qu'il n'y a pas d'issue. Alors, inutile de vous épuiser à tenter d'en trouver une.

Tout à coup, la porte claqua derrière lui, dans un fracas assourdissant.

D'un même mouvement, ils tournèrent tous deux la tête, complètement ahuris.

C'est alors qu'ils entendirent la barre de fer retomber dans la gâche.

Une voix, à l'extérieur, clama triomphalement :

— Vous avez mille fois raison, milord, il n'y a pas d'issue !

4

Lorsque Minerva avait cherché un moyen de tirer Tony et les enfants de ce mauvais pas, elle avait jugé ridicule, après plus ample réflexion, celui qu'elle avait trouvé. Néanmoins l'idée avait fait insensiblement son chemin.

Il n'y avait aucune autre solution pour éviter de perdre ce qu'ils avaient de plus précieux au monde : leur logis. La seule pensée qu'ils pourraient devoir vendre leur maison natale la remplissait d'épouvante. Tout, même la pire indignité, plutôt que d'être à la rue, réduits à la mendicité !

Douée d'une grande imagination, elle ne pouvait s'empêcher de se voir, errant à travers champs, tenant Lucy d'une main et David de l'autre, dormant au pied des haies ou dans les bois, en proie à une faim grandissante.

Ce n'est pas Dieu possible que nous en arrivions là, s'était-elle dit, assaillie par un profond désespoir.

Pourtant, chaque penny qu'ils possédaient devant tomber dans l'escarcelle du comte, tel était bien leur proche avenir.

Toute la journée, elle s'était creusé la tête, et en avait conclu que si elle devait agir, c'était maintenant ou jamais.

Évidemment, on pouvait toujours espérer que, contre toute attente, le comte regagnerait Londres...

Dans l'après-midi, elle était montée au grenier et y avait découvert ce qu'elle était venue quérir : quelques vieilleries qui y avaient été remisées depuis des lustres. Elle aperçut de vieilles malles poussiéreuses, placées là de toute éternité. Elles étaient bourrées de vêtements rapportés du château à l'époque où avait été effectuée la vente par son grand-père.

Elle se souvenait vaguement avoir entendu sa mère dire que, dans l'une d'elles, se trouvaient les habits que portait sir John au temps de sa jeunesse.

« Peut-être, avait expliqué Lady Linwood, que les costumes que ton père avait à Eton pourront un jour servir à David. »

A moins d'une grossière erreur, Minerva savait que c'était exactement ce qui lui fallait. Il y avait là plusieurs caisses. Leur contenu avait beau sentir le moisi, tout était apparemment intact.

Dans une grosse valise de cuir, elle avait fini par mettre la main sur ce qu'elle espérait.

Ainsi que l'avait dit sa mère, elle renfermait les grands pantalons noirs, la jaquette courte, que portent les petits garçons à Eton, et le long habit qui constitue l'uniforme des aînés.

Elle avait eu de la peine à dénicher un pantalon à sa taille. De toute évidence, il n'était pas neuf — il faisait des poches aux genoux —, mais il convenait parfaitement. Puis elle avait passé plusieurs vestes. Enfin, elle en avait essayé une qui était assez ample pour dissimuler sa poitrine. Par chance, les manches n'étaient pas trop longues : elles laissaient ses mains dépasser.

Après avoir refermé la malle et rattaché les sangles, elle était tombée par hasard sur des effets ayant appartenu à sa mère, et notamment, sur un châle de mousseline noire qui lui avait servi lorsqu'elle portait le deuil de leur grand-père.

Alors qu'elle allait quitter le grenier, une autre idée lui était venue.

Juste avant sa mort, lady Linwood avait organisé une petite fête, à Noël, pour David et Lucy. Elle avait demandé à Minerva et à d'autres enfants plus âgés de s'occuper des divertissements.

« Nous aurions pu prévoir une séance de guignol, mais cela coûte trop cher de faire venir une troupe de Lowersoft. Ton frère et ta sœur seront fous de joie, Minerva chérie, de te voir interpréter, avec tes amis, une saynète que j'ai écrite. Après cela, nous jouerons aux charades. »

Minerva y avait pris beaucoup de plaisir. Les autres aussi, qui étaient restés plusieurs jours pour répéter sous la direction de lady Linwood. Il s'agissait d'une comédie mettant en scène un voleur de grand chemin qui détroussait des voyageurs. Un jeune garçon, de l'âge de Minerva, tenait le rôle principal.

De la caisse — à demi remplie de décorations de Noël — Minerva avait sorti le masque qu'il portait, ainsi que le tricorne qui lui allait si bien. En l'occurrence, elle avait renoncé à cette coiffure, persuadée qu'elle lui donnerait un air trop théâtral, et avait pris le masque. Elle l'avait dissimulé dans l'armoire de sa chambre entre deux piles de vêtements.

Après avoir mis les enfants au lit, une autre idée avait germé dans sa tête.

Se glissant hors de la maison, elle s'était précipitée dans le parc. Elle avait coupé au travers des bosquets, empruntant un raccourci pour aller au château.

Comme elle connaissait parfaitement les lieux, elle n'avait eu aucune peine à s'introduire par une porte latérale, à l'insu des domestiques. Elle avait alors emprunté un itinéraire désert à cette heure de la soirée et gagné le premier étage.

L'entrée de la galerie des ménestrels, dans la salle des banquets, était à l'autre extrémité. Elle avait regretté de ne pas avoir demandé à Tony si le comte ferait jouer de la musique, pendant le dîner. Mais, à la réflexion, c'était improbable.

En fait, la galerie des ménestrels avait été utilisée jadis seulement lorsque la salle des banquets avait été transformée en salle de bal, ou que des fêtes étaient données pour des enfants.

Minerva s'était tapie derrière la balustrade de chêne qui faisait tout le tour de la mezzanine. Aucun risque qu'on ne la découvre. Le garde-corps était très ancien et richement ouvré mais, pour le moment, elle lui trouvait une vertu essentielle : il la dissimulait.

Il était peu probable que quelqu'un l'entendît, pourtant, elle avait progressé sur la pointe des pieds et jeté un coup d'œil furtif entre les barreaux.

En contrebas, elle avait aperçu l'immense table décorée de chandeliers d'or et d'argent, portant chacun six chandelles. Minerva ne les avait jamais vus, le comte avait dû les apporter avec lui. En revanche, elle avait reconnu les grands plats en bleu de Sèvres qui avaient été vendus avec le château : ils supportaient des pyramides de pêches et de raisin muscat.

Elle ne réussissait pas à détacher ses yeux des chandeliers, de la verrerie de cristal, et de ce parterre de jolies femmes couvertes de bijoux, toutes plus rayonnantes les unes que les autres. Les smokings noirs et les chemises blanches empesées des messieurs formaient, avec les couleurs chatoyantes de leurs robes, un contraste saisissant.

Soudain, elle avait pris conscience qu'elle était juste en face du comte. Assis sur une chaise façonnée dans une essence précieuse, décorée aux armes de la famille Linwood, il présidait.

Étant donné la description de Tony, Minerva s'était forgé l'image d'un homme méchant et pervers, du diable en personne. Quelqu'un de ce genre ne pouvait qu'avoir un grand nez, des yeux noirs trop rapprochés, une bouche trahissant la cruauté et la luxure.

Au contraire, elle avait devant elle un monsieur si bien de sa personne qu'elle dut admettre qu'elle n'avait jamais vu plus bel homme de sa vie. Il avait les cheveux bruns, un front large et droit. On eût dit une statue de Michel-Ange. Alors qu'elle le regardait, il adressa un sourire à sa voisine de table. Il était tellement mieux et plus jeune qu'elle ne l'avait imaginé !

En observant plus attentivement ses traits, elle était revenue sur cette première impression : il était plus âgé qu'il n'y paraissait et avait un air autoritaire. Une ride d'expression, entre le nez et les lèvres, dénotait un certain cynisme.

— Je le déteste, avait-elle murmuré entre ses dents.

Elle s'était souvenue de tous les sentiments qu'il lui avait inspirés depuis que Tony lui en avait fait un portrait finalement saisissant de vérité.

En se penchant, elle avait aperçu son frère : il avait beau parler poliment à la ravissante dame située à sa droite, elle savait bien que son air de bonheur n'était que feint. Elle était persuadée qu'il ne pouvait chasser de son esprit ce qui le menaçait telle une épée de Damoclès.

Il faut que je le sauve, s'était-elle dit.

Elle avait jeté un coup d'œil circulaire sur le reste de l'assistance. Qu'est-ce que cela pouvait bien leur faire, à tous ces nantis, que Tony, les enfants et elle soient au bord du précipice ? Et leur chute n'était plus qu'une question de temps...

De nouveau, elle avait observé le comte. Il ressemblait à quelque Circé mâle transformant de sa baguette, tel un mauvais génie, tous ceux qui l'entouraient en pourceaux.

Quelle horreur ! pensait-elle.

Puis, elle avait pris conscience qu'elle était en train d'observer un homme qui n'avait pas jusque-là attiré son attention. Il était si différent des autres qu'elle ne mit pas longtemps à saisir que ce n'était pas un Anglais. Elle avait le sentiment qu'un tiers le lui avait présenté.

Un Espagnol !... Aucun doute possible : c'était le mari de la belle ambassadrice, celle qui — aux dires de Mme Briggs — avait une liaison avec le comte.

La *Marquesa*... elle n'avait rien à voir avec les autres dames, toutes des Anglaises.

Sur sa chevelure noire aux reflets légèrement bleutés, elle portait un diadème serti de rubis et de diamants. Sa robe, d'une teinte s'harmonisant avec la rouge transparence des pierres, faisait ressortir l'éclatante blancheur de sa peau. Vu de haut, son décolleté était d'une rare indécence.

Le Norfolk avait toujours été célèbre pour la pratique de la sorcellerie. Tout le monde s'y adonnait. Minerva sentait un fluide nerveux émaner de la *Marquesa* et de son époux, l'ambassadeur, placé à l'autre bout de la table.

Elle ne rêvait pas : elle était persuadée que, contrairement aux autres invités, ils ne prenaient aucun plaisir à assister à cette réception. De toute évidence, ils n'avaient pas la moindre affinité avec leur entourage. L'ambassadeur donnait l'impression de déployer, pour se contrôler, un intense effort de volonté. Pourtant, une onde maléfique et menaçante semblait monter de sa personne.

Je me fais des idées, pensait Minerva.

Toutefois, chaque parole prononcée par l'ambassadeur à l'adresse d'une de ses voisines de table relevait, elle en était convaincue, de la performance de l'acteur en scène.

Elle était restée à son poste d'observation une dizaine de minutes, puis s'était éloignée aussi silencieusement qu'elle était venue.

Elle s'était esquivée par la porte de derrière, sans

prendre le petit escalier qui menait au rez-de-chaussée, avait traversé tout le premier étage, et était redescendue par celui qui conduisait directement à l'entrée dérobée par laquelle elle était arrivée.

Pour s'assurer qu'elle pourrait l'ouvrir lorsqu'elle reviendrait, elle avait refermé l'huis et avait emporté la clef dans sa poche. Cette porte-là n'avait jamais été équipée d'un verrou. Minerva avait été soulagée de constater que les ouvriers du comte, qui avaient remis le château en état, n'en avaient pas posé un depuis lors.

Puis elle avait refait, à l'envers, le même chemin qu'à l'aller, traversant le bosquet, le parc et le jardin du manoir.

Il n'y avait aucune urgence. D'après ce que lui avait dit Tony, les paris allaient bon train jusqu'à une heure avancée de la nuit.

Mme Briggs aussi, dans son langage un peu fruste, avait confirmé :

« La nuit pour le jour qu'ils prennent ces gens ! J'vous le dis moi, c'est pas possible. Mon fils, il raconte qu'il doit changer les bougies des chandeliers tous les soirs, vous vous rendez compte ? Si c'est pas une honte de jeter l'argent par les fenêtres comme ça ! »

Les propos de Mme Briggs l'avaient fait rire. Mais sa réflexion n'était-elle pas marquée au coin du bon sens ? Minerva était bien placée pour savoir ce qu'il en avait coûté à Tony de veiller ainsi jusqu'aux petites heures, au château...

En rentrant, elle était allée glisser un regard dans la chambre de David et de Lucy. Aucun bruit : ils dormaient comme des anges.

Puis elle avait regagné sa propre chambre où l'attendaient les habits qu'elle avait pris au grenier. Rien qu'à les regarder, elle avait été saisie d'effroi. Comment pouvait-elle commettre un acte aussi honteux, aussi scandaleusement indigne : faire chanter le comte ?

Mais avait-elle le choix ?

Une fois encore — pour se persuader de son bon droit ? — elle avait imaginé la scène : ils vendaient la maison, le mobilier, les tableaux, et jusqu'aux lits dans lesquels ils dormaient. Même après ce sacrifice qui leur aurait coûté les yeux de la tête et qui les aurait bouleversés, ils devraient encore au comte une somme faramineuse. Des années durant, ils traîneraient cet infernal boulet. Peut-être même seraient-ils obligés de se saigner aux quatre veines le reste de leur vie !

Papa, je dois le faire ! avait-elle tenté de se justifier dans un accès de désespoir. Je sais que tu me blâmerais, mais je ne peux tout de même pas laisser David et Lucy mourir de faim !

En toute hâte — de peur de manquer de courage —, elle avait enfilé le pantalon noir. Ce faisant, elle mesurait bien l'inconvenance de sa conduite.

Elle n'avait pas trouvé de chemise à sa taille dans les malles. Celles de feu son père étaient dix fois trop grandes. Elle avait donc mis un simple chemisier de mousseline sous la jaquette d'Eton, qu'elle avait fermée, sur le devant, avec des épingles à nourrice.

Puis elle s'était tiré les cheveux et les avait attachés en les serrant au maximum. Elle s'était recouvert la tête du châle noir de deuil ayant appartenu à sa mère, puis l'avait enroulé autour de son cou de manière à dissimuler son menton. Avec le masque, qui était en carton épais, plus rien ne dépassait, hormis le bout de son nez.

Dans la pénombre, elle ressemblait à s'y méprendre au jeune homme pour lequel elle voulait se faire passer.

Après un dernier coup d'œil dans la glace, elle avait descendu l'escalier et s'était dirigée vers l'endroit où son père rangeait ses fusils de chasse. Elle savait pouvoir y trouver des pistolets que son grand-père conservait précieusement dans l'éventualité d'un duel. La légende familiale rapportait que, dans sa jeunesse, il en avait livré cinq. Chaque fois, il avait obtenu la victoire. Il y avait deux coffrets contenant chacun une paire de pistolets : deux petits et deux plus grands.

Lorsque son père avait appris à Tony à tirer, Minerva avait tenu à essayer, elle aussi.

Par amour pour sa fille, sir John l'avait laissée, de bonne grâce, viser la cible qu'il avait installée à un bout du jardin.

Son orgueil paternel avait été flatté : après un peu d'entraînement, elle réussissait à taper dans le mille à tous les coups.

Tony, légèrement jaloux, avait fait remarquer, non sans condescendance :

« Les filles n'ont rien à faire avec une arme ! »

« On ne sait jamais, avait répondu son père. C'est toujours une bonne chose qu'une femme sache se défendre contre un bandit ou une quelconque menace. »

Minerva, ayant retenu la leçon, s'en était récemment souvenue.

Lorsqu'elle avait entendu parler de l'immoralité du comte et de ses invités, elle avait songé que si elle avait fait partie de cette société, elle aurait dû emporter un pistolet pour se rendre au château.

Au cas où un homme se serait conduit d'une manière aussi abjecte que leur hôte en s'avisant de s'introduire dans sa chambre, elle aurait pu au moins le tenir en respect.

Pour l'heure, elle devait se servir de son arme à d'autres fins. Mais elle avait besoin de se persuader qu'elle était en état de légitime défense.

C'est la faute du comte si je suis obligée de me

battre avec lui, se dit-elle, furieuse. Pourquoi ne comprend-il pas que de jeunes hommes comme Tony n'aient pas sa richesse ? Deux mille livres, pour lui, représentent une misère... Pour Tony, la perte d'une telle somme est un drame, presque une cause de suicide !

La haine que lui inspirait le comte la brûlait. Pourtant, il n'avait pas l'air aussi terrible qu'elle l'avait supposé.

Elle avait jeté un regard à la pendule. Malgré l'heure avancée, elle avait encore tout son temps.

Dans son extrême candeur, elle n'avait pas la moindre idée de ce qui se passait entre un homme et une femme lorsqu'ils faisaient l'amour. Mais, d'après ce qu'avaient raconté Tony et Mme Briggs, elle supposait que le comte allait retrouver l'ambassadrice dans sa chambre, une fois que tout le monde s'était retiré. Dorénavant, rien ne devait plus être pareil, l'ambassadeur ayant surgi au château sans crier gare. Toutefois, comme l'exigeait sa qualité d'hôte, le comte devait regagner ses appartements le dernier, quand tous les invités seraient allés se coucher.

Pour la seconde fois de la soirée, elle avait pris, à travers le parc, le chemin du château. Arrivée devant la porte, elle avait extrait la clef de sa poche, et avait ouvert...

Elle ne pouvait voir que par les trous du masque.

En montant l'escalier à pas de loup, elle avait pris conscience que ses craintes étaient fondées : quelques messieurs veillaient encore.

Dans chaque chandelier des principaux corridors, deux bougies étaient allumées.

Elle avait atteint le couloir qui menait à la suite du maître. Elle savait que les chambres des invités de marque se trouvaient là aussi et, parmi elles, bien sûr, celle de l'ambassadrice.

L'éclairage était largement suffisant. De plus, Minerva connaissait les lieux et avait son plan.

A l'autre extrémité du corridor, au-delà du grand escalier, étaient rangés dans une lingerie les draps et les taies d'oreillers destinés aux chambres des hôtes. Tout le linge, bien plié sur des étagères, était parfumé à la lavande.

Du temps de son grand-père, on remplaçait tous les étés les petits sachets de plantes odorantes dès que leur parfum était éventé.

A cette heure de la nuit, la lingerie était sûrement déserte. Minerva s'était faufilée à l'intérieur, en prenant soin de laisser la porte entrouverte. Au bout de quelques minutes, elle avait vu un couple monter l'escalier. Lorsqu'ils avaient atteint le palier, elle avait jeté un coup d'œil furtif et reconnu Tony, accompagné de la très jolie dame, sa voisine de table.

Ils étaient passés devant le cagibi et n'avaient eu que quelques pas à faire pour accéder à une chambre. Ils y avaient pénétré ensemble. Tony tenait la jeune femme par la taille.

Minerva, pudiquement, avait fermé les yeux, comme pour chasser l'idée que c'était une femme mariée : Tony lui avait dit qu'elles l'étaient toutes !

Elle avait été très choquée.

Ah ! Si Tony n'était pas allé à Londres, il n'aurait jamais rencontré ce genre de personne...

Mais, en restant au manoir, quelle autre perspective pour lui que l'ennui mortel ? Vu le petit nombre de jeunes gens de son âge, les occasions de s'amuser étaient rares en dehors de la saison de la chasse.

Puis son attention avait été attirée par un autre couple : un monsieur et une dame fort élégamment vêtus.

Ils avaient fait quelques pas le long du corridor et s'étaient embrassés. La femme était entrée dans une chambre, tandis que l'homme pénétrait dans celle d'à côté.

Au moins ceux-là se conduisaient-ils mieux que Tony !

Pourtant, cinq minutes plus tard, le monsieur, habillé d'une grande robe de chambre comme sir John aimait à en porter, était ressorti. Sans même se donner la peine de frapper, il était entré chez la dame qu'il venait d'étreindre.

Dans ce climat d'indécence, elle comprenait enfin parfaitement pourquoi Tony lui avait ordonné d'éviter à tout prix le comte. De toute évidence, sa vertu naturelle avait tout à y gagner. C'était infiniment mieux ainsi. Elle n'avait d'ailleurs pas la moindre envie de se trouver en sa présence.

Mais elle avait été forcée de se rendre au château parce que le comte avait délibérément incité Tony à jouer un argent qu'il ne possédait pas.

De nouveau, plusieurs personnes avaient gravi les marches. En tête du cortège : l'ambassadeur, sa femme...

Avant même de les avoir vus, elle avait éprouvé la sensation aiguë de leur présence.

Alors qu'ils arrivaient en haut des marches, la *Marquesa* s'était exclamée :

— Je ne comprends vraiment pas pourquoi vous m'envoyez au lit de force si tôt ! Je croyais que vous aimiez jouer aux cartes.

— J'ai mieux à faire ce soir, avait répondu l'ambassadeur, laconique.

Minerva avait senti percer la menace dans le ton de sa voix. Elle n'avait pas été étonnée lorsque la *Marquesa* l'avait imploré :

— Qu'avez-vous donc dans la tête ? Oh ! pour l'amour du Ciel, Juan, ne me faites pas une scène !

Elle s'était exprimée dans un anglais impeccable, comme si la gravité de la situation — depuis l'arrivée intempestive de son époux — avait rendu dérisoire l'exotisme de l'accent.

Soudain, comme elle venait de se rendre compte qu'ils étaient seuls et qu'elle n'avait plus de raison d'user de la langue de Shakespeare, elle s'était mise à bredouiller des excuses en espagnol, sur un ton de plus en plus hystérique.

L'ambassadeur ne répondit rien et se contentait de poursuivre son chemin jusqu'à la porte de leur chambre.

Minerva avait constaté qu'elle était juste à côté de la suite du maître que le comte devait occuper.

De plus en plus de gens se pressaient dans l'escalier.

Sauf erreur, avait-elle pensé, tout le monde était remonté, à l'exception du comte.

Minerva attendait toujours. Tout à coup, elle avait entrevu deux serviteurs qui entreprenaient de moucher les chandelles. Quelques secondes plus tard, le comte avait surgi en haut des marches.

Il avait parcouru le couloir à pas lents, comme à son corps défendant, puis avait disparu par la porte du fond. Celle-ci, Minerva le savait, donnait accès à la chambre de velours rouge, elle-même contiguë au salon privé.

Le moment tant attendu était enfin arrivé. Une peur bleue l'envahissait. Tout en elle la poussait à rentrer à la maison, à oublier ce qu'elle était venue faire en ces lieux.

Puis, sa raison avait repris le dessus. Elle, un être lâche ? Jamais !

Si les Linwood avaient été capables d'affronter les Danois, de les bouter loin des rivages d'Angleterre, il était hors de question, pour elle, de flancher face à un seul homme. Un individu que, de surcroît, elle exécrait, qui ne lui inspirait que le plus profond mépris.

Elle, au moins, avait un pistolet. Lui, selon toute vraisemblance, ne disposait pas d'une arme dans sa chambre.

Elle avait attendu encore un moment. Le comte

allait probablement demander son valet de chambre en le sonnant, pour qu'il l'aidât à se dévêtir.

Elle avait observé que des dames avaient appelé leurs caméristes, et que celles-ci, au signal, étaient accourues de l'étage supérieur, pour s'en retourner un moment plus tard.

Minerva s'était bien doutée qu'il lui faudrait attendre. Sans le retour impromptu de l'ambassadeur, elle savait que le comte serait allé retrouver la marquise dans sa chambre. Auquel cas, Minerva aurait dû rester dans sa cachette avant d'aller menacer le comte, jusqu'à ce qu'il regagnât ses appartements.

Comme cela ne risquait pas de se produire ce soir, elle était sûre qu'au bout d'une heure il serait dans son lit et dormirait à poings fermés.

A l'exception de deux ou trois, toutes les chandelles, dans les bougeoirs, étaient éteintes : de longues ombres ondulaient, envahissant tout l'étage. Minerva avait pris la précaution d'emporter avec elle une petite lanterne qu'elle avait allumée.

Après avoir ramassé le pistolet posé sur l'étagère, elle s'était enroulé le châle de mousseline autour du cou, bien haut sur le menton, et avait inspiré, aussi profondément que possible.

Elle priait : réussir ! ressortir de la chambre du comte avec les deux mille livres en main ! Une nécessité !

Elle s'entretenait avec sa conscience :

Un vol ? Non ! Son argent, il le récupérera aussitôt : Tony le remboursera rubis sur l'ongle.

En théorie, quelle facilité !

Pourtant, son cœur battait à tout rompre. Elle avait les mains glacées.

Moi, trembler comme une feuille ? jamais de la vie ! Je suis une Linwood, oui ou non ? se dit-elle à mi-voix pour se donner du cœur au ventre.

Elle avait ouvert la porte de la lingerie et s'était

faufilée dans le couloir, munie de sa lanterne pour plus de précaution. Si le comte, comme elle le pensait, avait éteint toutes les chandelles de sa chambre, elle aurait un mal fou à se repérer au beau milieu d'une pièce plongée dans l'obscurité complète.

Son père leur recommandait toujours de ne pas oublier leur éclairage pour aller à la cave. Il avait la même exigence lorsqu'ils sortaient dans le jardin à la nuit.

« Je n'aime pas que vous vous promeniez dans le noir », avait-il dit à Tony et à Minerva.

« On y voit très bien, au clair de lune, avec la lueur des étoiles », répondait Tony, pour le plaisir de discuter.

« Par malheur, il y a des nuits où elles jouent à cache-cache avec les nuages, avait rétorqué sir John sur un ton ironique. C'est le moment où on se félicite d'avoir pris ses précautions ! »

Tenant d'une main le pistolet, de l'autre la lanterne, Minerva s'avançait vers la suite du maître sans faire le moindre bruit. Après avoir traversé la petite entrée où se trouvait une superbe console rehaussée d'un miroir, elle avait poussé la porte de la chambre du comte, et y était entrée à pas feutrés. Les bougies, près du lit, brûlaient toujours. Sur l'instant, les rideaux de velours rouge l'avaient empêchée de voir s'il était occupé.

Elle n'avait pas eu le temps de regarder de plus près : le comte était entré par la porte qui donnait sur le salon.

Constatant que, loin d'être dans son lit, il était toujours habillé, elle était restée pétrifiée.

Puis, à grand-peine, elle s'était mise à parler de cette voix grave qu'elle s'était entraînée à prendre jusqu'à ce qu'elle fût sûre qu'elle passerait pour celle d'un jeune homme.

Lorsqu'elle se retrouva en train de descendre le second escalier, au bout du couloir, Minerva se sentit plus humiliée qu'effrayée.

Quelle stupidité de sa part de s'être ainsi laissé désarmer par le comte ! Elle avait encore mal au poignet tant il l'avait serré avant de lui arracher son pistolet. Elle regrettait amèrement de s'être approchée trop près de lui. Il eût été si simple de lui ordonner de poser la reconnaissance de dette sur la table ou sur le lit, d'aller s'en emparer à reculons et de battre en retraite au plus vite !

Comment ai-je pu ne pas y songer ? se répétait-elle désespérément.

Ils continuaient à descendre les marches. Elle savait exactement où le comte l'emmenait. S'il l'enfermait dans un cachot — ce qui ne pouvait manquer d'être son intention —, elle n'aurait aucun moyen de s'échapper, c'était écrit. Lorsqu'il viendrait la rechercher, au petit matin, il la livrerait à la justice, ainsi qu'il l'en avait menacée.

Paniquée à l'idée de ce que cela signifiait pour elle, Minerva avait failli hurler.

Puis son bon sens avait repris le dessus : une telle hypothèse ne tenait pas debout.

Pour protéger la réputation de l'ambassadrice, la dernière chose que le comte souhaiterait serait d'avoir à révéler, devant un tribunal, quel avait été le mobile de cette tentative de chantage.

Son dessein ? la punir, en tout cas, d'une manière ou d'une autre.

S'il devait s'agir d'un châtiment physique, il lui faudrait bien dévoiler sa féminité...

Ils avançaient dans un passage obscur. Le seul éclairage émanait de la lanterne dont le comte s'était emparé.

Tandis qu'ils s'approchaient des oubliettes, Minerva s'interrogeait. Ne ferait-elle pas mieux de tout lui avouer sur-le-champ ? Elle pesait le pour et le contre.

Un impératif, cependant : éviter, par tous les moyens, d'impliquer Tony en quoi que ce fût. Il le lui avait dit : le comte et ses amis l'excluraient immédiatement de leur cercle. Tony serait si furieux contre elle que peut-être, de toute sa vie, il ne lui adresserait plus la parole.

Questions obsédantes : comment supporter cela ? Perdre Tony, la maison, tout le reste ?

Terrorisée, elle obéissait machinalement aux ordres du comte, jugeant qu'il valait mieux ne pas ouvrir la bouche.

Dans la descente des dernières marches qui conduisaient au cachot, elle se demanda si le comte était surpris par son silence. En même temps, elle tournait et retournait mille fois le problème dans sa tête : que faire ? A leur arrivée dans la geôle, une ébauche de décision ne s'était même pas fait jour...

Le comte suspendit la lanterne à un clou qui dépassait du mur. Elle fut frappée par l'humidité qui suintait des murs ; l'odeur de moisi lui emplit les narines. Son père l'avait affirmé dans son livre : aucune échappatoire possible pour les Danois échoués et détenus en ces lieux.

Il faut lui donner tout de suite mon identité. Le supplier de me relâcher, se dit-elle.

Tel fut finalement son choix.

Au moment même où elle se déterminait à s'exprimer, le comte la devança :

— Maintenant, vous allez rester là jusqu'à ce que je décide du sort que je vous réserve. Par pure bienveillance, je vais vous détacher les mains. Mais n'essayez pas de m'attaquer, je vous tirerais dessus ! Compris ?

Le comte avait pris les devants, lui ôtant la possibilité de faire sa révélation. Les mots qu'elle avait sur le bord des lèvres s'étaient envolés.

Tandis qu'il dénouait la corde pour la libérer de ses liens, elle estima une fois de plus que la meilleure solution était de recourir à la prière. Pas comme l'eût fait un homme. En femme...

Elle était épouvantée à l'idée de rester toute seule. Elle avait toujours eu une peur panique des cachots. Elle prit une profonde inspiration en regardant le comte à travers les trous de son masque.

— S'il vous plaît..., commença-t-elle.

Il l'interrompit immédiatement :

— Vous allez avoir tout le temps de vous repentir de vos méfaits. Sur la foi des anciens propriétaires, je puis vous certifier qu'il n'existe aucune issue. Inutile donc de vous évertuer à en chercher une.

Minerva s'était fait une raison. Sa seule chance de s'en sortir était d'avouer toute la vérité.

Aussi allait-elle se résoudre à parler pour de bon, lorsque, tout à coup, un bruit assourdissant l'en empêcha.

Elle sursauta : la porte de fer, derrière le comte, avait brutalement claqué.

Le bruit résonnait toujours à leurs oreilles !

Médusés, tous deux regardaient la porte : la barre de fer retomba d'un coup sec.

Ce ne pouvait être qu'un cauchemar, cette voix sinistre qui chantait victoire :

— Vous avez mille fois raison, milord ! Il n'y a pas d'issue.

Qui était-ce ?

L'ambassadeur avait beau parler un anglais presque parfait, Minerva, en surprenant la conversation du couple, avait décelé un léger accent dans son élocution.

— Mais que diable fabriquez-vous là ? demanda le comte. Et qu'avez-vous fait ?

— C'est exactement la question que j'étais venu vous poser ! répondit l'ambassadeur à travers la porte.

— Il me semble qu'il y a erreur sur la personne. Nous pourrions en discuter plus posément...

Dès les premiers mots, Minerva avait senti, chez le comte, percer la stupeur dans le ton strident de sa voix.

A présent, il reprenait le contrôle de lui-même, et s'efforçait de parler plus lentement, d'une manière beaucoup plus conciliante.

— Facile, de feindre l'innocence ! rétorqua l'ambassadeur. Mais laissez-moi vous dire que ma femme m'a tout avoué. Vous l'avez séduite ! Ah ! Vous êtes tellement fort ! Elle a été incapable de vous résister, n'est-ce pas ?

Minerva vit le comte se raidir, sous l'empire de la colère, ce qui ne l'empêchait pas de continuer à s'exprimer avec calme et pondération.

— Je maintiens, Excellence, que nous devrions en débattre, sportivement, entre gentlemen.

— Dieu merci, je ne suis pas anglais ! répliqua l'Espagnol. Mais je suis homme à défendre résolument son honneur et à protéger sa réputation !

Poussant un grognement de rage, il poursuivit :

— J'étais décidé à vous frapper dans votre sommeil cette nuit, Gorleston. Je vous aurais infligé une jolie blessure ! De celles qui vous aurait interdit, pour jamais, de toucher à une femme.

— Vous êtes complètement fou ! hurla le comte.

Sous le coup de l'indignation, le cri avait jailli, sans qu'il eût pu le retenir.

— Non, non ! J'ai toute ma raison, et le droit est pour moi. Mais alors que j'attendais de me venger de l'outrage que vous m'avez fait subir, vous m'avez singulièrement facilité la tâche en vous introduisant dans ce cachot.

Il éclata de rire, un rire sardonique.

— A présent, milord, il n'est plus question de blessure. C'est la mort qui va vous échoir ! Vos invités m'ont expliqué l'astucieux fonctionnement de ce cachot : je n'ai plus qu'à laisser couler l'eau. Vous allez y périr noyé !

Minerva étouffa un sanglot.

L'ambassadeur n'en avait pas terminé :

— Personne ne sera en mesure de faire le rapprochement entre votre mort et moi. Lorsque j'apprendrai votre décès, sachez bien que je verserai une larme. Adieu, Gorleston ! Lorsque l'eau en montant tout doucement vous submergera enfin, souvenez-vous, à l'heure de votre mort, que ce châtiment vous vient d'un Espagnol qui met son honneur au-dessus de tout et se venge !

Il s'était tu. Minerva était sûre qu'il avait mis en marche le mécanisme de la roue commandant le ruissellement de l'eau à partir des douves jusqu'à l'intérieur du cachot. Le sol de pierre, éclaboussé, retentissait dans leur dos. Le comte ne pouvait que l'entendre, lui aussi. Il fit quelques pas et s'arrêta, face à la porte. Il posa ses deux mains à plat dessus.

— Écoutez-moi, Alcala, fit-il. Vous ne pouvez pas me faire ça à moi, pas plus qu'au jeune homme qui m'accompagne. En quoi aurait-il pu, lui, vous offenser ?

Nouveau et bref silence du comte...

Minerva avait bien senti que l'ambassadeur s'était éloigné sans même attendre que le comte eût terminé sa phrase.

Le bruit de ses pas se perdait maintenant dans le lointain : il remontait l'escalier en colimaçon qui menait tout en haut de la tour.

Le comte avait parfaitement compris désormais quel allait être leur sort. Il criait d'une voix trahissant la perte de tout espoir :

— Alcala ! Votre Excellence ! Je vous en prie !

Les échos de sa voix tournoyant dans le cachot allaient se briser contre les murs. Au-dehors, on n'entendait plus que les vibrations du silence. Le bruit même des pas s'était estompé au loin.

L'Espagnol les avait laissés seuls, face à leur atroce destin.

5

Pendant un moment, le comte demeura comme frappé de mutisme, se bornant à fixer la porte close.

Puis il dit, d'une voix qu'il voulait rendre détachée :

— Avez-vous la moindre idée de la manière dont nous pourrions sortir d'ici ?

— N... non.

Minerva était clouée par la peur. A peine pouvait-elle émettre des sons syncopés tant elle tremblait.

Le comte se retourna. Il se dirigea vers le point d'arrivée de l'eau. L'origine de son écoulement semblait se situer au ras du sol. A présent, elle formait un courant qui rampait insensiblement à terre.

Sur le même ton calme, il demanda :

— Comment pourrait-on arrêter ce flux ?

— C'est... c'est impossible, balbutia Minerva. Il provient des douves. Il emplira le cachot jusqu'à ce qu'il atteigne le niveau du fossé. C'est le principe des vases communicants...

Le comte ne répondit rien. Il se pencha en avant, tentant de trouver un orifice qu'il boucherait pour empêcher le flot de pénétrer dans leur cellule.

Malgré son ancienneté, le système fonctionnait à la perfection. Minerva savait que l'interruption ne pouvait être provoquée que de l'extérieur, derrière la porte de fer.

Soudain, la panique l'envahit. Elle eût voulu crier de toutes ses forces, hurler sans jamais s'arrêter, mais en pure perte, car personne ne pouvait l'entendre... Devant le comte, apparemment si maître de lui, elle ne se permettrait pas de s'avilir en manifestant son angoisse.

L'heure de notre mort a sonné, pensa-t-elle. Mourons au moins dans la dignité !

En s'encourageant ainsi, elle claquait des dents. Lorsque l'eau vint effleurer ses chaussures, elle recula. Aussi loin qu'elle pourrait battre en retraite, dans le minuscule local, l'eau la rattraperait : inexorablement, elle continuait à monter.

Minerva fit appel à ses souvenirs. Elle avait bien dû lire un jour, dans le livre de son père, en combien de temps le cachot se remplissait. Le comte était toujours penché sur la bouche qui crachait leur mort liquide. Mais elle savait que c'était peine perdue. Les prisonniers de l'ancien temps avaient certainement tout tenté pour échapper à la noyade. Il découvrirait, comme eux, que le trépas était inéluctable.

Pour dissimuler sa peur, elle essayait de cacher son visage dans ses mains. Elle s'aperçut qu'elle portait toujours le masque de carton. D'un geste impatient, elle l'arracha, le laissa tomber. Il se mit à flotter. Et cette eau qui continuait à se déverser... Elle avait envahi toute la surface du cachot et atteint la porte verrouillée qui les retenait captifs.

Ne pas mourir ! Non ! Vivre ! Que deviendraient, sans elle, les enfants ?

Elle mit ses mains sur ses yeux clos et entreprit de prier :

« Mon Dieu, je vous en supplie... sauvez-nous. Papa, s'il te plaît... Donne-moi un moyen de nous échapper, par pitié... Par pitié ! »

Elle se sentait frissonner de tout son corps tant

elle cherchait à joindre Dieu et son père, où qu'il se trouvât.

« Aide-nous ! »

Si absorbée par sa prière, elle en avait presque oublié la présence du comte. Aussi le ton de sa voix la fit-il sursauter :

— Je suppose que je devrais m'apitoyer sur votre sort. Vous êtes dans une situation d'autant plus affreuse que vous êtes jeune.

Minerva fit semblant de ne pas avoir entendu. Elle n'écarta même pas les mains de son visage.

Au bout d'une seconde, il poursuivit :

— Si vous priez, j'espère que vos suppliques seront exaucées. Peut-être devrais-je en faire autant, si j'avais la moindre chance d'être entendu.

Le ton était entaché de cynisme.

Minerva se sentit obligée de lui répondre :

— Vous l'avez dit, prier Dieu est une nécessité... Qu'Il nous entende !

— Je n'y crois guère...

Il passa devant elle pour atteindre la porte du cachot. Il appuya dessus de toutes ses forces, avec l'espoir fou de faire sauter le verrou qui la maintenait bouclée.

Elle était en fer massif. Elle avait résisté à l'assaut des siècles. L'ambassadeur avait déjà eu toutes les peines du monde à pousser l'énorme verrou pour l'enclencher à fond.

En proie au désespoir, elle se remit à prier :

« Papa, aide-moi ! Un moyen doit bien exister ! Tu ne me laisseras pas mourir d'une manière aussi inconcevable, aussi atroce ! »

Instinctivement, elle leva ses yeux que ses mains venaient de démasquer, puis baissa à nouveau le regard : elle s'aperçut que l'eau avait monté de plusieurs centimètres. Elle recouvrait à présent le bout de ses chaussures.

Le comte se retourna.

— Vous avez raison de prier. Il n'y a plus que Dieu qui puisse nous sauver.

Incapable de rester en place, il marchait de long en large dans le cachot qui pourtant n'était qu'un réduit. Ses pas, dans la nappe qui recouvrait le sol, produisaient des bruits d'éclaboussures.

Il s'immobilisa un instant et fixa un point quelque part à terre.

— Il me semble qu'à ce moment crucial de notre vie, nous devrions nous préparer à la mort avec courage et dignité.

Comme Minerva n'avait rien dit, il reprit :

— J'imagine que vous êtes beaucoup plus jeune que moi, aussi suis-je désolé d'avoir une telle responsabilité dans votre mort brutale et prématurée. Mais comme ni vous ni moi n'y pouvons plus rien, il ne nous reste plus qu'à nous résigner à notre destin.

Il parlait sur le même ton posé, avec la même retenue qu'il avait manifestée depuis le début. Pour rien au monde elle ne devait lui laisser deviner qu'elle était déjà littéralement morte de peur.

Elle aurait voulu se jeter contre lui et lui demander de la soutenir, simplement parce que le niveau de l'eau continuait à grimper. C'était au moins un être humain, un homme. Elle ne voyait plus du tout en lui le comte qu'elle avait tant détesté, ce comte que, quelques heures plus tôt dans la journée, elle eût si volontiers fait passer de vie à trépas en raison de la catastrophe qu'il avait fait fondre sur elle... Ce qui seul importait désormais, c'était que cet homme parlait et respirait. Ainsi, aussi terrible que fût la situation, elle ne mourrait pas seule.

Elle pria, encore et encore : si elle devait mourir, plût à Dieu qu'elle fût aussi courageuse que le comte, qu'elle ne criât pas, que rien, dans ses derniers instants, ne pût faire honte à ses ancêtres.

A présent, l'eau couvrait ses chevilles. Elle était glacée ; les bas qu'elle portait sous son pantalon étaient complètement trempés.

Des miasmes pestilentiels se dégageaient : ceux des végétaux qui croupissaient dans les douves. Lorsque ce brouet parviendrait à la hauteur de son cou et lui emplirait la bouche, elle aurait un haut-le-cœur devant cette monstrueuse saleté.

— Vous êtes bien silencieux, fit remarquer le comte. Regrettez-vous vos crimes passés ou continuez-vous à prier pour la délivrance ?

— Je prie. Et vous devriez en faire autant.

Le comte se mit à rire : un son étrange retentit dans l'obscurité totale que déchirait seulement la lueur blême de la lanterne.

— Croyez-vous vraiment au repentir de la dernière heure ? demanda-t-il, sur un ton sarcastique. J'ai toujours pensé que c'était trop facile de se libérer ainsi de ses dettes.

Ce mot fit sursauter Minerva. C'en était justement une, songea-t-elle amèrement, qui était à l'origine de la situation dans laquelle ils se trouvaient. Une dette d'honneur, à régler, quoi qu'il arrivât, même si les conséquences devaient être terribles, tragiques.

Elle devrait peut-être maintenant lui dévoiler son identité et la raison de sa présence dans ce piège. Puis elle se ravisa. Devant la mort, à quoi bon dire au comte ses quatre vérités, lui jeter à la face tout le mépris qu'il avait pu lui inspirer ?

Je ne dois plus avoir que des sentiments nobles. Toutes mes pensées doivent aller au Ciel, pas en Enfer !

Et cette progression implacable de l'eau !

Elle serra les poings pour ne pas crier.

— S'il vous plaît... Mon Dieu... murmura-t-elle.

Comme pris d'une subite pitié, le comte l'interrompit :

— Courage, jeune homme! On dit que la noyade n'est pas une mauvaise mort, même si à la dernière seconde tous vos péchés défilent devant vos yeux. A votre âge, on ne peut en avoir commis beaucoup. En ce qui me concerne, la rétrospective risque d'être plus longue!

Il s'exprimait presque sur un ton badin.

Minerva poussa un petit cri.

— Quoi? Qu'y a-t-il? demanda le comte.

— Une minute! J'essaie de me rappeler ce que papa a écrit dans son livre.

Elle appliqua ses mains sur son front comme si elle avait voulu tenter d'en extirper ses souvenirs.

— Selon lui, poursuivit-elle, lorsque les Anglais avaient enfermé des Danois dans les oubliettes et libéré l'eau des douves, ils regardaient d'en haut. Quand ils étaient sûrs de leur mort, ils les sortaient pour les enterrer dans les champs alentour, où l'on peut encore trouver des vestiges d'ossements.

Elle parlait sur un ton saccadé. On eût dit que les mots lui étaient insufflés d'une source extérieure. Puis, poussant un autre cri, elle répéta :

— *Ils regardaient d'en haut.* Il doit y avoir, au-dessus de nous, un point d'où l'on a une vue plongeante!

— Bon Dieu! s'exclama le comte. J'espère que vous ne vous trompez pas!

Aussitôt dit, aussitôt fait. D'un bond, il s'était déjà planté au centre du cachot, les bras au ciel. En dépit de tous ses efforts, il ne parvenait pas à atteindre le plafond avec le bout de ses doigts.

— Vous pourriez me soulever, suggéra Minerva.

— Bien sûr!

Il s'exécuta de bonne grâce, l'attrapa par la taille et la hissa sur ses épaules.

Elle courba la tête et toucha le plafond. D'un

vigoureux coup de pied, elle se débarrassa de ses chaussures dégoulinantes.

Puis elle s'attacha à reconnaître, à tâtons, l'emplacement probable de cette trappe d'où les Anglais observaient leurs victimes.

Le comte se déplaça jusqu'à ce qu'elle se trouvât juste au milieu de la geôle. Comme elle ne mettait pas la main sur l'endroit recherché, le comte fit un pas de côté, puis un autre. Minerva appuyait sur le plafond de toute la force de ses bras menus.

Enfin! quelque chose bougeait! Légèrement! Elle le sentait!

— C'est là! C'est là! cria-t-elle.

Le comte s'arrêta net. Il la souleva davantage. Tout en poussant de plus en plus fort, animée d'un instinct de survie, elle s'écria :

— Mon Dieu, miséricorde! Faites que la trappe ne soit pas verrouillée! De grâce!

Elle n'avait pas conscience de parler à haute voix, et ne se rendait pas compte à quel point sa supplique était émouvante.

Enfin, elle sentit sous sa paume qu'une part du plafond s'ébranlait.

— C'est trop lourd...

Elle suffoquait. Habilement, le comte la fit pivoter et elle fut étonnée de se retrouver assise sur ses épaules, les jambes de part et d'autre de son cou. Puis, il la saisit par la taille.

— Allez-y! Verticalement! ordonna-t-il. Dès que vous direz « Prêt! », je vous soulèverai encore.

Il usait d'un ton de commandement. Elle obéit sans poser la moindre question. Elle colla ses mains à l'endroit supposé de la trappe.

— « Prêt! » s'écria-t-elle.

Au moment où elle poussait de toutes ses forces, le comte s'éleva dans les airs.

Un grincement se fit entendre. La porte céda. Puis

elle bascula, retombant à l'envers de tout son poids.

Le comte la fit monter et passer par l'ouverture. A l'aide de ses bras, elle se retrouva à plat ventre sur un plancher de bois.

Relevant la tête, elle nota qu'une lumière diffuse s'infiltrait par une fenêtre à barreaux dépourvue de vitres. Dehors, à l'infini, lueurs d'espoir, brillaient la lune et les étoiles.

Agenouillée, elle se pencha à l'intérieur du cachot. Le comte avait de l'eau à la hauteur de la ceinture. Son regard était pointé dans la direction de Minerva.

— Pouvez-vous essayer de me dénicher quelque chose sur quoi je puisse grimper ?

Elle se releva et chercha autour d'elle. Dans la petite pièce subsistait une table de jeu, utilisée sans doute jadis par les guetteurs de la tour. Il y avait là un entassement d'objets hétéroclites et difficilement identifiables, accumulés au fil des ans. Au milieu de ce fatras, elle entrevit une chaise au dossier brisé. Elle tenta de la soulever. Vieille et lourde, elle devait trôner en ces lieux depuis des siècles. Elle la traîna jusqu'au bord de la trappe, en espérant qu'elle ne serait pas trop large pour passer. Cela exigea d'elle un effort surhumain, mais le comte s'était emparé des pieds et parvint à la descendre.

La posant au sol, il monta dessus pour s'apercevoir que seule sa tête dépassait du trou. Il tendit la main mais ne trouva aucune prise lui permettant de se cramponner.

Bien qu'il n'ait pas dit mot, Minerva avait cependant compris ce qui lui manquait. Passant tout en revue autour d'elle, elle ne remarqua, dans la pénombre ambiante, rien qui ressemblât à une corde.

Dans un éclair de génie, elle arracha l'épingle de sûreté avec laquelle elle avait attaché la veste d'Eton qu'elle portait. Elle la retira et la glissa derrière un barreau de la fenêtre. Puis, elle déplia les deux manches pour disposer de la longueur maximale. En équilibre sur la chaise, le comte arrivait tout juste à saisir les poignets.

A deux mains, il commença à se hisser, tâche périlleuse, même pour un homme aussi athlétique que lui.

Minerva se pencha en avant pour l'attraper d'une main et tira de toutes ses forces. Ils étaient à bout de souffle l'un et l'autre. Le comte réussit à extraire une jambe par la trappe. Au moment même où il allait poser un genou sur le plancher, un bruit sinistre se fit entendre : la jaquette d'Eton qui lui servait de corde s'était déchirée !

Au prix d'un fantastique effort, Minerva, terrorisée à l'idée qu'il allait retomber dans le cachot, tira, tira, et le comte, en se débattant, mit toute son énergie à assurer son salut.

Emportés par leur élan, ils tombèrent tous deux à terre, hors d'haleine. Minerva s'affala en arrière et eut l'impression que ses bras s'étaient déboîtés de ses épaules.

Ils restèrent là, un bon moment, totalement incapables de dire un mot.

Le comte fut le premier à essayer de se relever. Il s'agenouilla, puis se mit debout. Minerva, quant à elle, gisait toujours où elle était tombée.

— Ça va ?

— Nous sommes... sauvés ! murmura-t-elle d'un ton tremblant, faisant l'impossible pour ravaler ses larmes.

— Plus vite nous serons sortis d'ici et mieux cela vaudra ! dit le comte.

Sans perdre une seconde, il claqua le battant de la trappe. On aurait dit qu'il voulait ôter de sa vue cette eau qui avait failli les emporter dans la tombe. Il traversa la petite pièce. Parvenu à la porte, il s'exclama :

— J'espère qu'elle n'est pas fermée à clef !

Minerva se remit debout à grand-peine. Elle arriva à la hauteur du comte au moment même où il venait de trouver le loquet.

— Attention ! Si l'ambassadeur soupçonne que vous avez réussi à vous échapper, il va chercher un autre moyen de se débarrasser de vous.

Le comte se raidit.

— Cela m'étonnerait, mais sait-on jamais ? D'accord ! Inutile de prendre des risques !

Il se pencha en avant et enleva ses chaussures gorgées d'eau. Tout doucement, il ouvrit la porte. Un rai de lumière filtrait au travers des meurtrières. Ils étaient sur une sorte de palier. L'escalier menait soit au sommet de la tour, soit aux oubliettes.

— Je passe le premier, souffla le comte d'une voix à peine audible. Suivez-moi !

Tout en parlant, il avançait. Ses vêtements dégoulinaient. Minerva lui emboîta le pas.

Ils atteignirent les marches de pierre de la tour. Minerva connaissait assez les lieux pour se repérer dans le clair-obscur. Un peu plus haut, une porte donnait sur le rez-de-chaussée d'une maison construite au siècle dernier. Juste en dessous, une toute petite ouverture permettait l'accès à un long conduit étroit où passaient les tuyaux de la nouvelle bâtisse.

Dans leur enfance, c'était la cachette favorite de Minerva et de Tony : les adultes ne pouvaient pas s'y tenir debout. Combien de fois s'étaient-ils amusés à leur jouer ce bon tour ! Aucune gouvernante n'avait jamais eu l'idée de venir les y chercher !

Tandis que le comte, toujours en tête, progressait d'un pas alerte, Minerva bifurqua vers la porte, qui mesurait à peine un mètre de haut, et s'esquiva. Lorsque le comte se retournerait et constaterait qu'elle avait disparu comme par enchantement, il ne se douterait pas de l'existence d'une autre issue dans cette partie de la grande tour.

Courbée en deux, elle se faufila dans le boyau, aussi vite que possible, vu sa position. Ici et là, une minuscule fente grillagée laissait passer l'air et la lumière. Même sans y voir parfaitement, elle savait que le passage longeait la maison. Aucun risque donc de tomber dans un trou. Si elle maintenait bien sa tête baissée, elle ne pouvait pas non plus se cogner.

Lorsque les ouvriers recrutés par le comte avaient remis le château en état, ils étaient sûrement allés vérifier toutes les canalisations et nettoyer l'ensemble des conduits. Manifestement, le sol avait été débarrassé de toutes les saletés accumulées durant le temps où la propriété avait été laissée à l'abandon, et bien qu'elle n'ait pour seule protection que ses bras, il n'y avait rien qui puisse blesser ses pieds nus.

Minerva savait que l'autre extrémité débouchait juste en haut de l'escalier de la cave. Comme elle avait mal au dos, arrivée au bout ! Son pantalon, dégouttant, glacé, lui collait à la peau.

Quelle importance ? Non seulement elle était vivante, mais elle avait réussi à échapper au comte !

Heureusement, la porte n'était pas fermée à clef. Comme prévu, elle se trouvait au sommet des marches de pierre conduisant à la cave où son arrière-grand-père entreposait ses précieuses et ruineuses bouteilles de vin.

C'était une chance que Minerva eût une si bonne mémoire. Sinon, elle aurait eu du mal, dans la semi-obscurité, à progresser le long de ce boyau tortueux qui n'en finissait pas de longer la cuisine, l'office, la distillerie et la laiterie...

Enfin, elle entrevit le bout du chemin. Là, juste devant elle se trouvait la dernière porte !

Bien entendu, elle était verrouillée, mais la clef était restée sur la serrure. Personne à l'horizon !

Minerva s'élança au-dehors, dans la cour où les fournisseurs déposaient les marchandises qu'ils venaient livrer. Elle se glissa entre les buissons, suivant à l'envers l'itinéraire qu'elle avait emprunté plus tôt dans la soirée pour se rendre au château.

A cette heure-là, la lune était à son apogée dans le ciel. Les étoiles, qui formaient un arc de diamants à travers la voûte céleste, éclairaient la nuit. Elle y voyait parfaitement !

Elle n'avait plus aucune raison de se hâter maintenant, d'autant plus que les pierres de l'allée blessaient ses pieds nus.

Au sortir du bosquet, elle s'émerveilla de la splendeur du parc, du clair de lune sur le lac, du château dont la majestueuse silhouette se découpait sur le rideau d'arbres.

Quelle chance inouïe elle avait eue ! Elle était vivante alors qu'a priori rien ni personne ne semblait pouvoir la sauver ! Elle était vivante et l'ambassadeur avait échoué dans sa monstrueuse tentative de vengeance sur la personne du comte !

— Merci, mon Dieu ! dit Minerva, les yeux levés vers le Ciel.

Puis, subitement, tout cela lui parut trop beau, trop incroyable pour être vrai : elle prit ses jambes à son cou. Seul le havre de sa maison pourrait la faire se sentir à nouveau en sécurité.

Dans sa chambre, elle se débarrassa de tous ses vêtements mouillés, enfila sa chemise de nuit et se mit au lit.

Ce n'est qu'à l'instant où elle posait sa tête sur le traversin que la réalité de ce qu'elle venait de vivre lui apparut dans toute son horreur. Maintenant, au moins, elle n'avait plus besoin de retenir ses larmes, et les laissa couler le long de ses joues.

Elle enfouit son visage au creux de l'oreiller de plumes et pleura tout son soûl. Elle sanglota, sanglota à perdre haleine, tel un enfant qui, terrorisé par le noir, se retrouve tout à coup blotti dans les bras de sa mère.

— Je suis vivante, vivante, papa. Tu m'as sauvée alors que je me croyais perdue!

Elle pleura jusqu'à l'épuisement, consciente que cette crise de larmes lui amenait le soulagement.

Quoi que lui réservât l'avenir, elle ne voulait pas mourir.

— Je suis saine et sauve, sauve!

Elle répéta ces mots des dizaines de fois, jusqu'à ce que le sommeil la prenne enfin.

A son réveil, Minerva sentit qu'elle avait dormi beaucoup plus tard que d'habitude.

En regardant, allongée, les rayons du soleil filtrer au travers des rideaux, elle revit défiler devant ses yeux tout le drame de la nuit précédente.

C'était un cauchemar! Comment des choses aussi atroces avaient-elles pu se produire? Pourtant, par un miracle, elle en avait réchappé.

Les pantalons trempés et le chemisier gisaient là, en tas, à même le plancher. Une pensée lui traversa l'esprit: elle devrait se lever, les cacher quelque part, au cas où les enfants les verraient. Cela leur éviterait de lui poser des questions.

A cet instant précis, la porte s'ouvrit et la petite Lucy jeta un coup d'œil furtif par l'entrebâillement.

— T'es réveillée, Minerva? T'étais fatiguée, alors on t'a laissée dormir et on s'est fait notre petit déjeuner tout seuls.

— Vous êtes des amours! Mais ce n'est pas raisonnable, jamais vous n'auriez dû me permettre de faire la grasse matinée aussi longtemps!

— David il a dit que t'es fatiguée parce que tu te fais du souci.

Ce n'était que trop vrai, pensa Minerva.

Elle avait peut-être la vie sauve mais elle n'avait

pas réussi, en revanche, à sauver leur maison, contrairement à ce qu'elle avait espéré en se rendant au château.

Elle se demanda si, parvenu au rez-de-chaussée, le comte était retourné sur ses pas en constatant qu'elle lui avait faussé compagnie. Peut-être l'ambassadeur était-il resté embusqué dans un coin en attendant le résultat de sa criminelle entreprise. Voyant que le comte avait réussi à s'échapper, il aurait trouvé un autre moyen d'attenter à ses jours.

Résolue à chasser de son esprit l'image du comte ainsi que l'échec de sa tentative de chantage, elle s'habilla à toute vitesse.

Arrivée au pied de l'escalier, elle s'aperçut que les enfants étaient déjà prêts à partir pour leurs leçons.

— Ce serait un beau jour pour aller faire une randonnée si seulement j'avais un des chevaux du comte ! s'exclama David en franchissant le seuil.

— Mon pauvre David, cesse donc de prendre tes désirs pour des réalités !

— Il a tellement de chevaux, protesta-t-il, que s'il m'en laissait monter rien qu'un seul, je serais heureux comme... un roi !

— Je n'en suis pas si sûre. Plus on en a et plus on en veut. Il faudra bien que tu te contentes d'aller à pied, comme tout le monde, ainsi que je le fais !

David ne répondit pas.

Minerva le comprenait : il était fasciné par tous ces pur-sang dont regorgeaient les écuries du château.

Elle poussa un soupir.

« Dire que ce diable d'homme a bouleversé toute notre vie ! »

Après avoir vu les enfants, avec leurs sacs de livres, s'éloigner sur la route du village, elle alla s'asseoir au salon et se remit à penser aux événements de la veille.

Indéniablement, le comte s'était montré très courageux. Il avait dû être horrifié, tout comme elle, de se voir ainsi enfermé avec la certitude qu'il n'y avait aucun moyen de s'échapper. Évidemment, il avait été en proie à la peur. Qui ne l'eût pas été dans une telle situation ? Mais, chose certaine, ce n'était pas un lâche.

Elle ne pouvait s'empêcher de penser que son père eût été fier d'elle. Elle n'avait ni crié, ni pleuré. Pourtant, ce n'était pas l'envie qui lui en avait manqué !

Tout à coup, elle prit conscience qu'elle était revenue exactement à son point de départ. Il allait bien falloir trouver un autre moyen d'éviter à Tony de payer au comte sa dette de deux mille livres. Il ne leur restait plus qu'à vendre leur maison !

Elle entreprit d'épousseter les bibelots du salon. Sur chacun, précautionneusement, elle promena son chiffon avec amour. Ils étaient tous plus précieux les uns que les autres. Bientôt, ils seraient sacrifiés et jamais plus elle ne les reverrait.

Il s'était bien écoulé une heure lorsque, soudain, elle entendit un bruit de sabots sur les graviers du chemin. Elle se précipita dans le hall. Elle s'y attendait : c'était Tony !

Il sauta à bas d'un superbe cheval qu'il alla conduire à l'écurie tout en lui criant :

— Je ne m'attarde pas, mais j'ai une foule de choses à te raconter !

Minerva retint son souffle. Elle se demandait ce qui avait encore bien pu se passer.

Elle attendit. Tony revint et l'embrassa sur la joue.

— J'ai eu une occasion de venir te voir. Tu ne vas pas me croire. Tous les invités sont partis !

— Partis ?

— D'une certaine manière, je les comprends. Figure-toi que l'ambassadeur d'Espagne a débarqué hier soir ! Et ce matin, il n'a même pas attendu le petit déjeuner pour filer avec sa femme !

Minerva ne souffla mot. Il fallait à tout prix feindre la surprise. Tony poursuivit :

— Cela a fait l'effet d'une bombe quand Son Excellence a surgi dans le salon. Personne ne l'attendait ! Aujourd'hui, nous avons appris qu'Alcala et la marquise avaient repris la route avant huit heures. Nous nous sommes tous demandé quelle allait être la suite des événements !

— Alors ?

— Tiens-toi bien ! Il semble que le comte ait dit à tous les valets et femmes de chambre que leurs maîtres devraient avoir fait leurs bagages et être prêts à quitter les lieux dès onze heures !

Minerva jeta un coup d'œil à la pendule de la cheminée : il était déjà presque midi !

— Tu veux dire qu'ils ont tous regagné Londres ?

— Le comte les a escortés jusqu'à son yacht, à Lowersoft, mais lui, il va revenir !

— Mais... pourquoi n'es-tu pas rentré avec eux ?

— C'est ce que je suis venu t'expliquer. Je n'ai pas de domestique attitré, tu le sais. C'est l'un des valets de pied qui s'est occupé de moi. Lorsqu'il est venu, il m'a donné la raison de tout ce branle-bas de combat et m'a fait savoir que le comte avait donné des instructions pour que je reste au château.

Minerva eut cette fois l'air interloqué. Son frère reprit :

— J'étais un peu en retard pour le petit déjeuner. Je ne voyais pas très bien ce qu'il me voulait. Il m'a dit alors :

« Il faut que j'entraîne quelques chevaux que je viens d'acquérir, Linwood. J'ai pensé que ce serait une bonne idée si vous pouviez m'aider. Je sais que vous adorez monter. »

Minerva se contenta de le regarder sans rien dire. Tony continua son histoire :

— Il y a du vrai, là-dedans. Mais c'est tout de

même ahurissant ! Bien évidemment, j'ai accepté.

— Tu n'avais pas le choix !

— C'est bien ce que je me suis dit. Et puis, en réalité, cela m'amuse beaucoup. Je n'en suis pas revenu qu'il veuille que je reste seul au château avec lui.

— Parce qu'il n'y aura plus... personne d'autre que vous deux ?

— Non, non. Personne. A moins qu'il ne fasse venir d'autres invités de Londres, ce qui est tout à fait improbable.

Minerva réfléchissait. Au bout d'un instant, choisissant ses mots avec le plus grand soin, elle demanda :

— Est-ce que l'ambassadeur est allé saluer le comte en s'en allant !

— C'est drôle que tu me poses cette question. Après son départ, j'ai entendu Gorleston interroger son secrétaire :

« Est-ce que Son Excellence a demandé à me voir avant de quitter le château ? »

« Non, Monseigneur, a-t-il répondu. Mais Son Excellence m'a chargé de vous présenter ses excuses pour être partie à une heure aussi matinale. Elle avait un rendez-vous de la plus haute importance à Londres. »

« Eh bien, j'espère qu'ils seront arrivés à temps ! a répliqué le comte. Je présume qu'il était venu par la mer. »

« Oui, Monseigneur. Un yacht attendait Son Excellence à Lowersoft. »

Tony avait terminé son récit. Il se laissa tomber dans un fauteuil.

— Pour ce qui me concerne, je préfère de beaucoup rester ici plutôt que de broyer du noir à Londres en me creusant la tête pour savoir où diable je pourrais bien trouver les deux mille livres que je lui dois !

— Peut-être pourrais-tu... essayer de faire part au comte de tes... difficultés, hasarda Minerva sans trop y croire.

Tony hocha la tête.

— Je te l'ai déjà dit. Ce serait une erreur fatale. Mais il est possible qu'il m'accorde un petit délai pour me retourner.

Même s'il lui donnait cent ans, cela n'arrangerait rien !

Mais Minerva était trop délicate pour exprimer ses pensées à haute voix. Alors, elle se contenta de remarquer :

— Mon cher Tony, si le comte devient très ami avec toi — ce qui semble être le cas —, nous pourrons peut-être envisager une autre manière de lui rembourser son dû.

— Je ne vois vraiment pas laquelle, répondit Tony, lugubre.

— Moi non plus, pour l'instant, admit Minerva. Mais si jamais une idée nous venait, au moment où nous nous y attendons le moins...

Tony se leva.

— Ne te casse pas la tête, ma chère ! Tu sais aussi bien que moi que nous allons être contraints de mettre la maison en vente. Je me demandais cependant si cela pourrait intéresser le comte de l'acheter... Objectivement, elle fait en quelque sorte partie intégrante de sa propriété, non ?

Le regard de Minerva s'éclaira subitement.

— Ça, Tony, c'est une idée de génie ! Il se peut qu'un jour ou l'autre il en ait besoin pour loger une mère ou une belle-mère devenue veuve. A ce moment-là, cela le gênerait qu'elle soit vendue à n'importe qui, notamment à un inconnu.

— Après tout, pourquoi pas ? dit Tony, lentement. Je vais tâcher de lui en toucher deux mots, lorsque je serai en tête à tête avec lui. Mais, pour l'amour de Dieu, Minerva, reste loin de sa vue ! S'il vient par ici, il ne faut pas qu'il te rencontre.

— Non, non... bien sûr, acquiesça Minerva.

— Si je lui parle de la maison, il va souhaiter la visiter... Peut-être les enfants et toi pourriez-vous aller passer la nuit ailleurs ?

— Ailleurs ? lança Minerva. Mais où veux-tu que nous allions ?

— Oh ! bonté divine ! s'exclama Tony. Tu ne vas pas me dire qu'il n'y a pas, dans ce pays, quelqu'un qui puisse vous héberger pour une nuit !

— Sans doute, oui. Mais cela va tout de même sembler bizarre, surtout au comte qui ne comprendra pas pourquoi la maison est inoccupée...

— Bizarre ou pas... Je ne veux pas te faire rencontrer le comte. Tu m'as compris, oui ou non ? Il n'en est pas question !

— Sur quel ton tu me parles... fit Minerva, d'une voix étranglée.

Contre toute attente, Tony s'approcha d'elle et la serra dans ses bras.

— Excuse-moi, sœurette. Je vous ai tous fourrés dans de sales draps ! Mais je te promets que je vais faire tout mon possible pour en sortir, d'une manière ou d'une autre.

— Tu peux toujours prier, dit Minerva. Un jour, qui sait ? quelqu'un pourrait bien t'entendre.

— Si seulement c'était vrai...

Minerva repensait à la manière dont ses propres supplices avaient été exaucées, la nuit précédente, alors que, du fond de sa désespérance, elle n'y croyait plus.

Elle embrassa son frère sur la joue.

— Ne t'en fais pas, mon cher Tony. Je suis certaine que papa, où qu'il soit, veille sur nous et nous protège. Et puis tu sais, il doit être heureux de te voir monter ces magnifiques pur-sang. C'est très gentil de la part du comte de t'avoir fait une telle offre.

— C'est ce que je me disais en venant, répliqua simplement Tony. J'aurais aimé rester déjeuner avec toi, mais le comte est parti avec son phaéton le plus rapide et une fois qu'il aura embarqué tous ses invités, il rentrera. Je ne serais pas autrement surpris qu'il soit de retour pour l'heure du repas.

— Il n'y a... rien à manger, ici. Et si j'ai un conseil à te donner, Tony, profite plutôt de ce qu'on te sert au château.

Tony hésita à répondre, puis se ravisa et embrassa sa sœur.

— Tu t'es montrée solide comme un roc dans toute cette affaire. Et même si je fais de mon mieux pour ne pas le montrer, moi, je suis mort de honte.

— Je suis très fière que Sa Seigneurie te considère à l'égal des cavaliers hors pair.

Bras dessus, bras dessous, ils traversèrent le hall.

— Je reviens dès que possible. Mais il se peut que j'aie de la peine à m'échapper.

— Je comprends...

En le regardant s'éloigner vers les écuries, elle songeait que son frère ne serait pas seulement abasourdi, mais fou de rage s'il avait eu connaissance des circonstances dans lesquelles elle s'était retrouvée la veille avec le comte. S'ils n'avaient pas découvert la trappe, ils seraient morts l'un et l'autre, à cette heure. Combien de temps se serait écoulé avant que quelqu'un, au château, ne s'avisât d'aller chercher le maître des lieux au fin fond des oubliettes !

Minerva leva les yeux vers le soleil et rendit grâce à la vie.

Quelles que soient les difficultés et les épreuves, présentes ou à venir, elle était vivante, et les enfants ne seraient pas seuls, privés de sa présence.

En revenant dans la maison, elle murmura :

— Merci, mon Dieu.

6

Les enfants étaient rentrés déjeuner à la maison. Après un repas pour le moins frugal, ils étaient repartis suivre d'autres cours.

David n'avait eu que le mot « chevaux » à la bouche. Si le comte devait prolonger son séjour, Minerva aurait toutes les peines du monde à empêcher le garçonnet d'aller rôder près des écuries.

D'ordinaire, les petits étaient obéissants. Mais l'effervescence qui régnait au château leur faisait plus difficilement admettre d'en être exclus. Il avait été inoccupé pendant de si nombreuses années qu'ils avaient grandi avec l'habitude d'aller s'y ébattre tout à loisir.

Les vieux gardiens étaient heureux de les accueillir : ils étaient trop âgés pour descendre à pied au village bavarder avec leurs amis. Ils autorisaient David et Lucy à pénétrer dans les grandes pièces, à glisser sur les rampes d'escalier et — tout comme Minerva et Tony dans leur enfance — à jouer à cache-cache.

Elle les regarda s'éloigner sur le chemin, avec leurs livres de classe sous le bras.

Elle songea avec douleur qu'il leur faudrait bientôt renoncer à ces furtives incursions au château, et, qui sait, renoncer même à posséder un toit.

Il lui restait beaucoup à faire dans la maison. Elle était au salon, occupée à arranger des fleurs dans un vase, lorsque Mme Briggs fit irruption.

— Regardez voir, mamz'elle Minerva, ce que je vous apporte !

Minerva se retourna. Mme Briggs portait un bébé dans les bras.

— C'est mon premier p'tit-fils ! s'exclama-t-elle, fière comme Artaban.

— Qu'il est mignon! s'écria Minerva.

— Notre Kitty vient d'arriver avec. Vous parlez d'une surprise! C'est pas facile pour nous autres de monter à la ferme, alors je suis ben contente qu'elle est venue.

L'arrivée d'un nouveau-né était toujours un événement au village. Kitty, la fille de Mme Briggs, avait épousé un paysan dont la ferme était située à l'autre extrémité du domaine.

Les noces avaient donné lieu à une véritable fête, l'année passée, surtout la cérémonie à l'église. Le village tout entier y avait assisté, Minerva la première.

Maintenant, Mme Briggs était donc grand-mère. Son orgueil, vu le précieux fardeau qu'elle avait sur les bras, était un rien ostentatoire.

— J'attendais le baptême avec impatience, dit Minerva. J'ai retrouvé dans le tiroir une petite brassière que maman avait tricotée quelque temps avant sa mort. Cela me ferait grand plaisir de la voir sur votre petit-fils.

— C'est ben gentil à vous, mam'zelle Minerva. Ma Kitty va en faire grand cas, vu que c'est votre chère maman qui l'a faite.

— Cela vous ennuierait-il de monter la chercher?

Elle ne se sentait pas le courage d'affronter l'escalier, tant elle était courbatue depuis le matin. Ses bras étaient complètement ankylosés, à la suite de l'effort surhumain qu'elle avait dû fournir pour hisser le comte hors du cachot.

— Vous avez qu'à tenir le petit Willie une minute, c'est le nom qu'on lui a donné, comme son papa, tant que je vais en haut chercher le cadeau.

— Je vous promets d'en prendre le plus grand soin, répondit Minerva avec un sourire.

Elle prit le bébé et se dirigea vers la fenêtre. Elle écarta le châle qui lui dissimulait le visage : un vrai petit chérubin aux joues bien rebondies ! Il avait juste un petit duvet brun au-dessus des oreilles. Elle le berça tendrement. Quelle minuscule chose, si frêle, si vulnérable !

Elle se demandait ce que l'avenir lui réserverait lorsqu'elle entendit les pas de Mme Briggs.

— Il a été sage comme une image, dit Minerva. Il va être splendide en grandissant.

Il n'y eut pas de réponse.

Elle fut surprise de constater que Mme Briggs, à la volubilité légendaire, était soudain devenue muette comme une carpe. Elle tourna la tête et resta pétrifiée.

Ce n'était pas Mme Briggs qui se tenait debout dans l'embrasure de la porte du salon, mais le comte !

La veille au soir, lorsqu'elle l'avait vu assis au bout de la table du dîner, elle l'avait trouvé impressionnant. Puis, plus tard, dans la chambre où elle l'attendait tapie, il lui avait semblé effrayant.

Maintenant, sa prestance lui coupait le souffle.

Le costume qu'il avait revêtu pour aller conduire ses invités était d'une rare élégance : il portait une cravate nouée d'une manière recherchée ; sa veste de whipcord gris tombait sans un pli ; ses bottes à la russe brillaient comme des miroirs.

Si le comte troublait Minerva, la réciproque n'en était pas moins vraie.

Elle ne s'imaginait pas que, placée en contre-jour, le soleil composant un halo autour de sa chevelure blonde, on eût dit, avec sa peau translucide et ses grands yeux bleus, une Vierge à l'Enfant tout droit sortie d'un vitrail.

Pendant un moment, ils gardèrent le silence.

Puis le comte demanda, d'une voix aussi calme que la veille au soir :

— Est-ce votre enfant ?

Minerva n'eut pas le temps de répondre. Mme Briggs redescendait l'escalier, traversait le hall et pénétrait déjà dans la pièce comme un tourbillon :

— J'lai trouvée, mam'zelle Minerva. Je suis sûre qu'elle va lui plaire à ma Kitty !

Ce n'est qu'en arrivant à la hauteur de Minerva qu'elle s'aperçut qu'elle n'était plus seule. Reconnaissant le comte, elle esquissa une petite génuflexion et s'approcha de la jeune fille pour lui reprendre le bébé.

— Vaudrait mieux que j'men retourne, mam'zelle Minerva. Encore ben merci pour le cadeau !

Après un semblant de révérence sans grâce adressée au comte, elle quitta la maison à toutes jambes.

Elle n'avait pas une minute à perdre, songea Minerva, pour être la première à annoncer à tout le village que le comte était passé au manoir.

Minerva attendit que le bruit des pas de Mme Briggs se soit totalement évanoui pour se forcer à lever les yeux vers le comte. Puis, d'une petite voix effarouchée, elle lui demanda :

— Pourquoi... êtes-vous ici ?... S'est-il passé quelque chose ?

— Je suis venu rendre visite à la famille de sir Anthony Linwood. Je sais que j'aurais dû le faire bien plus tôt... Encore eût-il fallu que je connaisse son existence.

Le comte, de toute évidence, choisissait ses mots avec le plus grand soin.

— Est-ce... Tony qui vous a dit que nous habitions là ? s'enquit-elle, incrédule.

Le comte lui sourit.

— Pas du tout. Au contraire, il s'est montré très évasif.

Minerva poussa un petit cri.

— Vous... vous ne lui avez pas parlé d'hier soir, au moins, j'espère...

En prononçant ces mots — elle s'en rendit compte soudainement — elle se dévoilait en avouant que c'était elle qui se trouvait à ses côtés dans le cachot ! Pourtant, lorsqu'elle avait repensé à toute cette aventure, dans la matinée, elle s'était convaincue qu'à aucun moment il n'avait dû la soupçonner d'être une femme.

Alors qu'elle venait de se trahir, elle joignit ses mains, comme pour prier, puis resta là à le fixer, consternée.

— Je n'ai parlé à personne de ce qui s'est passé la nuit dernière. Mais il y a quelque chose dont j'aimerais discuter avec vous.

— Vous saviez que c'était... moi ?

— J'ai tout de suite compris que j'avais en face de moi un membre de la famille Linwood quand vous avez parlé du livre écrit par votre père.

Minerva eut l'impression que le ciel venait de lui tomber sur la tête.

— Je suis morte de honte ! Je sais que je n'aurais jamais dû faire une chose pareille... mais j'étais désespérée... Si nous devons quitter cette maison, alors nous n'aurons plus nulle part où aller !

Sa voix se brisa et elle fondit en larmes. Elle avait beau lutter de toutes ses forces pour les retenir, les larmes coulaient le long de ses joues.

— Que voulez-vous dire ? Quand j'ai compris qui vous étiez, j'ai deviné que les deux mille livres étaient destinées à payer la dette d'Anthony. Mais qu'est-ce qui vous oblige à vendre cette maison ? Je ne vois pas bien le rapport...

— Mais nous n'avons pas d'argent ! Plus du tout depuis la mort de papa ! Lorsque Tony vous aura remboursé ce qu'il vous doit... nous mourrons de faim !

Les derniers mots avaient été prononcés dans une extrême confusion.

Honteuse de ses larmes, Minerva tourna le dos au comte et alla se réfugier près de la fenêtre pour essayer de se ressaisir.

Pendant quelques secondes, il regarda le soleil jouer avec sa chevelure. Il lui dit avec douceur :

— Si nous allions nous asseoir. Vous pourriez m'expliquer exactement ce qu'il en est. Je suis complètement abasourdi, je l'avoue.

Minerva chercha un mouchoir dans la poche de sa robe mais n'en trouva pas. Comme s'il avait deviné, le comte s'approcha d'elle et lui tendit la pochette qui égayait sa veste. Elle la prit et s'essuya les yeux. Puis, elle balbutia :

— Je suis vraiment... désolée. Tout... est... ma faute.

— Une autre raison m'a fait venir vous voir : vous m'avez sauvé la vie. Je tenais à vous en remercier.

— Mais vous ne vous seriez pas trouvé... dans le cachot, si je n'avais pas essayé de vous faire chanter, répondit-elle pitoyablement.

— Auquel cas, j'aurais été profondément endormi dans mon lit, à la merci de l'ambassadeur !

Minerva l'avait oublié. Elle se tourna vers lui et le regarda, les yeux remplis d'effroi.

Comme elle venait de reprendre brutalement conscience du sinistre dessein de l'Espagnol, elle devint blanche comme un linge. Elle ignorait que la pâleur lui donnait une beauté surnaturelle. Lui la contemplait et n'en croyait pas ses yeux.

Puis, d'un pas décidé, il se dirigea vers une chaise, face à la cheminée, s'assit, le dos appuyé au dossier, et croisa les jambes.

— Si vous le voulez bien, commençons par le commencement. Je sais déjà que vous vous appelez Minerva, comme la déesse de la Sagesse. Mais j'imagine qu'il y a une foule de choses que vous pourriez m'expliquer.

Minerva n'avait pas le choix : à pas lents, elle alla vers le canapé et s'assit sur le bord. Elle se trouvait en face de la cheminée, tout près de la chaise du comte.

— Je me suis laissé dire que votre père et votre mère étaient décédés et que vous éleviez seule votre petit frère et votre petite sœur.

— Comment... savez-vous cela ? Je ne peux pas croire que Tony vous ait raconté...

— Tony, comme vous dites, a pris grand soin de ne rien me dire du tout... si ce n'est que jadis le château appartenait à sa famille.

— Alors ?

— Je suis retourné vers les oubliettes, ce matin...

— Les oubliettes ? l'interrompit Minerva. Comment avez-vous pu prendre un tel risque ? Si l'ambassadeur s'en était aperçu ?

— Vous devez savoir que le marquis est parfaitement convaincu que nous sommes morts noyés tous les deux. Vous aviez beau ne plus être là pour me protéger, j'étais sauvé !

Minerva sentit que son ton était légèrement moqueur. Ses paupières battirent et elle détourna le regard.

— Jamais je n'aurais pu imaginer qu'une femme puisse être à ce point courageuse, digne et maîtresse d'elle-même dans une situation aussi terrifiante, dit-il d'une voix douce.

Sa voix était si sincère que Minerva eut soudain le feu aux joues. Elle évitait toujours son regard.

— Vous avez été vous-même si courageux, dit-elle, que je ne voulais pas vous montrer combien j'avais peur.

— J'étais aussi effrayé que vous ! Si vous n'aviez pas repéré la trappe dans le plafond, nous serions, à l'heure qu'il est, morts tous les deux.

— Nous sommes bien sains et saufs !

— Oui, mais grâce à vos prières !

— Je suis certaine que c'est papa qui m'a fait me souvenir de ce qu'il avait écrit dans son livre. J'ai toujours eu horreur de lire ce qui concernait les oubliettes et la manière dont les prisonniers y étaient noyés. Si tout cela m'est revenu à la mémoire, c'est un miracle !

— Un miracle dont je vous suis profondément reconnaissant. Je suppose qu'il ne vous serait jamais venu à l'idée de me laisser me noyer, une fois échappée par la trappe. La meilleure façon d'effacer la dette de votre frère...

Minerva le fixa, horrifiée.

— Vous pensez réellement que j'aurais pu faire quelque chose d'aussi monstrueux ? Je ne suis pas une meurtrière, moi, contrairement à l'ambassadeur !

— Il ne l'emportera pas au paradis ! rétorqua le comte, d'une voix sévère.

— Supposez qu'il essaie à nouveau de s'en prendre à vous lorsque vous serez de retour à Londres...

— Comptez sur moi pour l'en empêcher ! Mais, pour l'heure, je suis convaincu d'être bien plus en sécurité ici.

— Sans aucun doute !

— Maintenant, revenons-en à vous. Cela seul m'intéresse.

— Mais, il ne faut pas que... vous vous intéressiez à moi, justement !

— Pourquoi ?

— Parce que Tony serait très... enfin, fou de rage... Et jurez-moi sur ce que vous avez de plus cher au monde que vous ne lui raconterez pas ce que j'ai... essayé de faire, hier soir.

— Ce qui s'est passé cette nuit est un secret entre vous et moi. Personne, vous m'entendez, personne n'en saura jamais rien.

Minerva poussa un soupir de soulagement.

— Tony ne me le pardonnerait pas. Je me suis dit, lorsque vous avez fait de moi votre prisonnière, que jamais plus il ne m'adresserait la parole.

— Mais c'est dans son seul intérêt que vous agissiez ainsi, lui rappela le comte.

— La chose la plus folle que j'aie jamais faite... Mais je n'avais trouvé aucun autre moyen de me procurer la première partie des deux mille livres de la dette ! De plus, j'étais sûre que personne ne nous paierait une telle somme pour la maison.

— Je ne vois pas pourquoi, objecta le comte. Elle est superbe et, soit dit en passant, elle appartient par définition au domaine du château.

Les yeux de Minerva brillèrent.

— Vous voulez dire que vous... l'achèteriez ? J'y avais bien pensé, mais j'étais certaine que jamais Tony n'oserait vous le proposer.

— J'ai l'impression que Tony a fait de moi le portrait d'un ogre. Pour quelle raison a-t-il dissimulé votre existence ? Quel sens a ce secret ?

Minerva avait été prise de court par la question. Ne sachant pas quoi répondre, elle ne put que détourner le regard. Sous l'empire de la timidité, ses longs cils battaient.

— Au fond, je comprends. Et Tony a eu parfaitement raison. Vous n'auriez pas été à votre place au milieu des invités que je viens de renvoyer à Londres.

— C'est très gentil à vous... d'avoir gardé Tony ici et de lui permettre de monter vos chevaux.

— Au moins, s'exclama le comte, incisif, il ne pourra pas jouer un argent qu'il n'a pas !

— Ne lui en veuillez pas, s'il vous plaît. Il est jeune. Ces lieux sont si mortels ! Nous n'avons pour ainsi dire pas de voisins. Depuis que papa et maman ne sont plus de ce monde, nos moyens ne nous permettent plus de recevoir. Et nous ne disposons même pas de chevaux pour rendre visite à nos rares connaissances.

— Vous êtes donc si pauvres ?

— Papa gagnait très bien sa vie avec ses livres : ils étaient à la fois intéressants et amusants. Mais depuis qu'il n'est plus, c'est presque impossible de joindre les deux bouts. Pourtant, je me suis attachée à économiser sou par sou pour envoyer David à Eton.

— Vous vous êtes assigné une lourde tâche... Quel âge avez-vous ?

— Presque dix-neuf ans. Et il faut que j'élève les enfants. C'est mon devoir.

— Sans doute. Mais se mettre dans la peau d'un bandit de grand chemin, est-ce le meilleur moyen de payer leur éducation ?

Minerva se tordit les doigts.

— C'était une idée insensée, j'en ai bien conscience, mais j'étais au comble du désespoir. Et puis, ce n'était pas un véritable vol : dès que vous m'auriez donné les deux mille livres, Tony vous les aurait rendues !

Le comte éclata de rire.

— Ah ! Cela ressemble bien à la logique féminine !

— J'admets que vous ayez pu être choqué par ma conduite scandaleuse à votre égard... Mais vous ne m'avez toujours pas raconté comment vous avez tout découvert à notre sujet.

— Vous ne m'avez pas laissé terminer. J'avais commencé à vous dire que j'étais allé rechercher le livre de votre père là où je l'avais laissé. Il me fallait être renseigné sur le moyen d'arrêter l'eau qui emplissait le cachot.

Marquant une courte pause, il poursuivit :

— J'y ai également découvert la manière d'évacuer l'eau qui s'y trouvait déjà. Il y a une sorte de petite vanne qui débouche sous les douves et permet au flux de se déverser en contrebas.

— C'est très intelligent de votre part ! fit Minerva.

Ce jugement lui avait échappé.

— Pas aussi intelligent que vous, pour la trappe ! Si vous n'y aviez pas pensé, nous aurions eu le temps de mourir dix fois avant que quelqu'un n'ait l'idée de venir nous chercher tous les deux au fond de ce trou infâme.

— S'il vous plaît, supplia Minerva, n'y pensez plus. En rentrant à la maison, hier soir, j'ai réalisé à quel point je m'étais comportée en irresponsable. Quelle chance nous avons eue ! Nous l'avons échappé belle !

— Moi, c'est ce matin que j'ai compris la manière dont vous aviez mené les opérations.

— Et je suppose que c'est ce qui vous a fait deviner que j'étais une Linwood : je connaissais trop bien les lieux.

— Cela, je le savais déjà, dit le comte, et aussi que vous n'étiez pas l'homme pour lequel vous vouliez vous faire passer.

— Comment m'avez-vous... démasquée ? balbutia Minerva.

— La dureté de la situation vous avait fait changer de voix ! Et lorsque je vous ai hissée sur mes épaules, j'étais parfaitement certain que vous étiez une femme !

A cet instant, Minerva prit conscience pour la première fois de l'inconvenance qu'il y avait eu à s'asseoir sur les épaules du comte et à placer ses deux jambes autour de son cou !

Elle avait fait un effort si prodigieux pour tenter de les arracher à leur prison que, sur le moment, elle n'avait rien trouvé d'extraordinaire à la posture qu'elle avait dû prendre pour y parvenir.

Une fois encore, le rouge lui monta aux joues, et elle devint écarlate. Elle était incapable de regarder le comte droit dans les yeux, tandis que lui la transperçait de son regard.

Au bout d'un instant, désireux de dissiper l'embarras de son interlocutrice, il reprit la parole :

— J'ai d'abord évacué l'eau du cachot, pour que personne ne soupçonne son utilisation récente. Puis, en remontant l'escalier, j'ai aperçu la petite porte. C'est par là que vous aviez disparu !

— C'était notre cachette favorite lorsque nous étions petits, dit Minerva sur la défensive.

— J'avais bien supposé quelque chose de ce genre. Arrivé dans le hall, j'ai vu que le veilleur de nuit, qui était de garde, dormait du sommeil du juste...

Minerva se souvint du grand fauteuil de cuir matelassé qui servait de lieu de repos au garde de faction.

— Dès qu'il m'a reconnu, il s'est redressé. Immédiatement, j'ai vu que ce n'était pas un des domestiques que j'avais amenés de Londres avec moi. C'était quelqu'un du pays. Je l'ai interrogé :

« Où sir Anthony est-il allé s'installer à la vente du château ? »

« Dans la maison d'la veuve, Monseigneur. »

« Et combien sont-ils, de la famille, à y vivre encore ? »

« Y'a mademoiselle Minerva, le p'tit monsieur David et mamz'elle Lucy. »

« J'ai remercié ce brave homme et suis remonté dans mes appartements. Enfin, je savais où vous étiez allée après m'avoir semé ! »

— C'est très intelligent de votre part..., dit Minerva pour la seconde fois. Mais Tony serait furieux de vous savoir ici.

— Tony se fera une raison ! Nous nous sommes

rencontrés, c'est un fait. De toute façon, je vais bien lui trouver une explication plausible.

— Il m'a fait promettre de me tenir... à bonne distance, jusqu'à votre retour à Londres, dit Minerva sur un ton pitoyable.

Le comte ne répondit pas. Au bout de quelques secondes, craignant de l'avoir vexé, elle poursuivit :

— Je vous en prie, il faut le comprendre. Tony essayait de me protéger, pas seulement de... vous, mais aussi de vos invités. Il avait peur que tout cela ne me choque...

— Que savez-vous de mes amis ?

Minerva perçut, dans le ton de sa voix, une note d'aigreur qui la surprit. Elle ne l'avait pas encore entendu parler ainsi. Aussi reprit-elle à toute vitesse :

— Vous savez, au village, il n'y a pas eu d'autres sujets de conversation depuis votre arrivée...

Le comte sembla étonné.

— C'est l'événement le plus passionnant qui se soit produit ici depuis des lustres. Et bien entendu, tout le monde en parle. A commencer par les villageois que vous avez employés.

Le comte, qui fronçait les sourcils, se mit tout à coup à rire.

— C'est une vieille histoire, dit-il. On a toujours tendance, dans notre milieu, à oublier que les domestiques sont des êtres humains pourvus d'oreilles pour écouter, d'yeux pour voir et d'une langue pour commérer !

— Mettez-vous à leur place ! approuva Minerva. C'est très excitant pour eux d'avoir quelqu'un comme vous pour alimenter la causette.

— Et vous ? Que pensez-vous de moi ?

— J'ai été... émerveillée, hier soir, par votre bravoure qui dépassait de beaucoup celle des hommes que j'ai connus jusqu'ici.

— Et pourtant, vous estimez, après tout ce que nous avons partagé, que ce serait une erreur de nous revoir !

Minerva réalisa soudain qu'elle ne désirait rien d'autre. C'était certainement l'homme le plus beau et le plus courageux qu'elle avait eu la chance de rencontrer. Dieu sait si elle l'avait haï pour tout ce qu'il leur avait fait ! Mais désormais, les sentiments qu'elle éprouvait à son égard ne seraient plus jamais les mêmes : il s'était déjà passé tant de choses entre eux...

Leurs regards se croisèrent sans qu'il leur fût possible de l'éviter.

Elle ne pouvait cependant pas répondre à la question qu'il lui avait posée.

— J'attends, dit-il, sur le ton serein qui lui était coutumier.

A ce moment précis, des voix résonnèrent et, une seconde plus tard, les enfants faisaient irruption dans la pièce.

— Minerva ! Minerva ! cria David. Tony est là avec les plus beaux chevaux du monde ! Tu n'en as jamais vu de pareils ! Oh ! s'il te plaît, je peux aller leur parler ?

Minerva s'était levée d'un bond dès qu'elle avait entendu leurs cris. Le comte, lui, n'avait pas bougé.

David était presque arrivé jusqu'à elle lorsqu'il le vit, installé dans le fauteuil.

Il avait l'air de ne pas trop savoir sur quel pied danser. Fasciné, il ne quittait pas le comte des yeux.

— Je vous présente David, Monseigneur, dit Minerva. Comme vous le voyez, il adore les chevaux.

David lui tendit la main.

— Oh ! s'il vous plaît, supplia-t-il, je peux regarder vos chevaux ? J'avais une envie folle de visiter vos écuries ! Mais Minerva, elle nous a défendu d'aller au château, à moins d'être invités par vous, Monsieur le comte !

— Si vous montez aussi bien que votre frère, c'est moi qui vais vous en prier.

— C'est bien ce que vous avez dit ? Je ne me trompe pas ? s'enquit David, au comble de l'excitation.

— Nullement. Vous m'avez parfaitement entendu. J'aimerais que vous veniez faire un petit tour et que vous me disiez franchement ce que vous pensez de mes pur-sang !

David retenait son souffle.

— Est-ce que je peux aller tout de suite voir ceux qui sont dehors ?

— Bien sûr !

David ne demanda pas son reste. Jetant ses livres sur le canapé, il traversa la pièce à la vitesse de l'éclair. On eût dit qu'il avait des ailes.

Lucy, qui avait écouté, s'approcha de Minerva. Cette dernière prit sa petite main et la tendit au comte :

— Et voici Lucy, Monseigneur.

La fillette fit la révérence.

— C'est bien vous le comte qui vit dans la maison de grand-père ?

— En personne !

— Alors, s'il te plaît, je peux voir les bougies allumées ? implora-t-elle.

— Lucy, sois sage ! N'ennuie pas Sa Seigneurie, la gronda Minerva.

— Quelles bougies ?

— Elle veut parler des chandelles qui sont dans les candélabres du grand salon, répondit Minerva. Elle a toujours rêvé de les voir allumées. Nous pensions bien qu'elles le seraient pendant que vous résideriez au château. Mais, bien sûr, ce n'est qu'un caprice d'enfant. Elle aura tout le temps de les voir quand elle sera grande !

Lucy s'approcha du comte et posa sa menotte sur son bras.

— S'il te plaît, c'est tout de suite que je veux les voir, supplia-t-elle. Pas demain que je serai une grande personne !

Le comte lui adressa son plus beau sourire.

— J'ai une idée. Je vais vous emmener prendre le thé. Quand David aura fini de faire le tour des écuries et que vous aurez mangé une grosse part de gâteau au chocolat, eh bien, nous allumerons toutes les bougies.

Lucy poussa un cri de joie.

— Vous êtes très gentil, vraiment ! Oh ! ce qu'on va bien s'amuser !

— Il ne faut pas faire ses quatre volontés, dit Minerva au comte, à voix basse.

— Pourquoi ?

— Parce que Tony...

— J'en fais mon affaire ! Et comme je vous invite tous à prendre le thé, vous feriez bien d'aller mettre votre chapeau !

Minerva le regarda, légèrement décontenancée.

Que pouvait-elle faire d'autre que de s'exécuter ?

Minerva avait à peine eu le temps de réaliser ce qui se passait que déjà le comte les emportait vers le château dans son phaéton. Les enfants lui parlaient joyeusement, sans aucune espèce de distance, comme s'ils l'avaient toujours connu.

Il les conduisit d'abord aux écuries. David était tellement captivé par les chevaux que son excitation devenait presque inquiétante.

— Je veux que Monsieur David vienne monter demain matin, dit le comte au chef palefrenier. Je suis sûr que vous allez lui trouver un cheval qui lui convienne.

— S'il est seulement la moitié aussi bon que sir

Anthony, Monseigneur, on n'aura que l'embarras du choix ! répliqua-t-il.

— J'veux monter, dit Lucy. Si David a un cheval, j'en veux un moi aussi !

— Mais non, voyons, bien sûr que non, intervint Minerva tout de suite, comme pour couper court à son exigence.

— Pourquoi dites-vous cela ? protesta le comte. Simplement, ce qu'il lui faut, à elle, c'est un poney.

Minerva retint son souffle.

Profitant du fait que le chef palefrenier était en train de montrer aux enfants un superbe étalon noir que seul le comte montait, elle dit à mi-voix :

— Ne les gâtez pas trop, je vous en prie ! Ils sont fous de joie maintenant. Mais lorsque vous serez de retour à Londres, vous aurez oublié jusqu'à leur existence. Le réveil risque d'être très pénible quand ils n'auront plus que leurs deux jambes pour marcher !

— Je comprends parfaitement votre point de vue, Minerva. Mais je fais ce que je veux. Et cela ne souffre aucune discussion !

Minerva releva le menton comme pour le défier. Mais une fois encore, les yeux gris du comte prirent son regard bleu en otage et les mots de protestation qu'elle s'apprêtait à prononcer ne franchirent pas ses lèvres.

Ils pénètrèrent dans le château. Le comte donna l'ordre de servir le thé au salon.

Les enfants n'avaient jamais vu les persiennes ouvertes, les meubles débarrassés de leurs housses, ni aucun des nouveaux aménagements que le comte avait fait exécuter depuis qu'il avait pris possession du domaine.

Il avait été nécessaire de faire appel à tant d'ouvriers pour rénover que Minerva avait interdit aux enfants l'accès du salon.

Pour Lucy, c'était le rêve devenu réalité. Enfin, elle pénétrait dans un château enchanté !

Le majordome et deux valets de pied apportèrent un thé très raffiné, composé de petits canapés et de gâteaux de toutes les sortes possibles et imaginables. La théière d'argent et la bouilloire furent placées sur un plateau ciselé, juste devant Minerva : elle n'avait plus qu'à se servir.

Lucy, elle, sembla d'abord frappée de mutisme. Puis, tout en dégustant le gâteau au chocolat que le comte lui avait promis, elle recouvra l'usage de la parole.

— Chez nous, on a jamais de gâteau quand c'est pas Noël ou un anniversaire. Ce serait merveilleux si on venait prendre le thé chez toi tous les jours !

— Eh bien, dit Minerva, voyez le résultat ! Plus jamais ils ne vont se contenter de simples tartines de pain beurrées avec de la confiture !

— C'est la première fois qu'une jolie jeune femme me demande de lui offrir un gâteau au chocolat, dit le comte en riant. Impossible de refuser un tel cadeau !

Il se tourna vers Lucy :

— Je sais ce que je vais faire, au moins pendant tout le temps où je demeurerai au château : je vais m'arranger avec mon chef pour qu'il vous fasse tout spécialement un gâteau différent chaque jour.

Lucy poussa un petit cri et sauta de sa chaise.

Avant même qu'on puisse l'en empêcher, elle attrapa le comte par le cou et l'embrassa.

— Oh ! merci, merci ! T'es le plus gentil monsieur de tout le monde entier ! Je t'aime !

Minerva se demanda ce qu'elle allait bien pouvoir dire lorsque la porte s'ouvrit. Tony !

Il se transforma en statue en découvrant le tableau : toute sa famille attablée au bout de la pièce ! Minerva, assise devant le service à thé en argent, David, dévorant une énorme part de gâteau, et Lucy, pendue au cou du comte...

Minerva le regardait avec appréhension. Il s'approchait.

— Ah ! vous voilà, Linwood ! s'exclama le comte. Alors, cette promenade ?

— Merveilleux, vos chevaux ! Mais que fait là ma famille ?

— Je leur ai rendu visite à l'improviste. On m'avait tant vanté les charmes de ce manoir qui, en principe, appartenait au propriétaire du château ! Après tout, jusqu'à preuve du contraire, il fait partie de mon domaine.

Tony eut un hoquet de surprise mais ne souffla mot. Le comte poursuivit :

— J'ai fait la connaissance de vos charmantes sœurs et de votre petit frère, un passionné de chevaux, tout comme vous. Je les ai persuadés de venir prendre le thé avec moi au château. Vous allez vous joindre à nous, n'est-ce pas ?

Tony n'avait plus qu'à prendre place auprès d'eux, tandis que Minerva servait le thé.

Sans conteste, il était mécontent.

Minerva n'avait qu'une crainte : qu'il se laissât aller à une réflexion déplaisante devant le comte.

Sentant qu'il y avait de l'orage dans l'air, ce dernier se leva.

— Allez, dit-il à Lucy, viens avez moi. Nous allons demander aux valets de pied d'allumer les cierges dans les chandeliers. Ainsi, la pièce sera telle que tu le voulais.

— Ça va être *épatant* ! s'écria Lucy.

Elle glissa sa petite main dans celle du comte ; elle sautillait à ses côtés. Ensemble, ils quittèrent le salon.

— Explique-toi ! ordonna Tony à Minerva. Que diable faites-vous ici ?

— Il est venu au manoir... Je pense qu'il va peut-être l'acheter. Lorsqu'il nous a invités à prendre le thé, les enfants avaient l'air si excités que je n'ai pas pu refuser.

— Oui, j'imagine. Mais, pour l'amour du Ciel, ne commence pas à nouer des relations avec lui! Je t'en prie!

Minerva ne put s'empêcher de songer que c'était déjà fait. Si telle était son intention, rien ni personne ne l'empêcherait de pousser ses avances. Puis elle pensa que, dès son retour à Londres, il aurait vite fait de l'oublier.

Par ailleurs, s'il achetait le manoir et leur permettait d'y demeurer en tant que locataires, leur avenir ne serait pas aussi tragique qu'on pouvait le craindre.

L'absence du comte ne dura guère. Bientôt, des serviteurs arrivèrent avec de longues piques au bout desquelles était fixée une mèche incandescente. Lorsqu'ils allumèrent les cierges dans les chandeliers, Lucy se mit à danser de plaisir.

— Que c'est beau! s'exclama-t-elle. C'est aussi beau que je croyais!

Tout en gazouillant, elle agitait les bras, virevoletait, valsait telle une ballerine, allant d'un lustre à l'autre.

— Le jour de son premier bal, fit remarquer le comte à Minerva, elle sera la reine de la soirée. Aujourd'hui, la reine, c'est vous!

Minerva le regarda, stupéfaite.

— Je ne suis jamais allée au bal..., répondit-elle. Mais peut-être Lucy aura-t-elle plus de chance que moi!

— Jamais? répéta le comte qui avait peine à croire que ce soit vrai. Mais pourtant, même dans ce coin perdu, on organise bien de telles festivités, de temps à autre.

— De son vivant, papa assistait toujours au bal de la chasse. Tout simplement pour éviter de vexer les gens par son absence, expliqua Minerva. Mais depuis que je suis en âge d'y participer, nous n'avons jamais eu assez d'argent pour m'acheter une robe ni louer la voiture à cheval qui aurait pu m'y conduire.

Sentant que ses propos désenchantés risquaient de jeter un froid, elle s'empressa d'ajouter, sur un ton plus léger :

— Bien sûr, je pourrais toujours essayer de trouver une citrouille quelque part sur les terres de Votre Seigneurie. Elle se transformerait en carrosse, que quelques rats obligeants métamorphosés en chevaux tireraient !

— Je crois que j'ai une meilleure idée ! Un jour prochain, vous aurez votre bal au château, Minerva !

Elle se rendit compte tout à coup que c'était la deuxième fois qu'il l'appelait par son prénom ! Elle sentit son cœur battre dans sa poitrine. Naïveté de sa part ?

Tony l'avait mise en garde : le comte était un méchant homme !

Elle saisissait à présent ce que son frère avait voulu dire : aucune femme ne pouvait lui résister en raison du magnétisme qui se dégageait de lui. A l'instar des enfants qui subissaient cette fascination, Minerva se sentit prise elle aussi dans ses rets. Comment s'y arracher ?

Cette crainte la rendait nerveuse.

— Je crois qu'il est l'heure maintenant de rentrer... à la maison, suggéra-t-elle.

— Je vous raccompagne.

— Non, mais non, ce n'est pas la peine. Vous n'allez pas ressortir vos chevaux ! Nous pouvons très bien retourner à pied.

— Je vais vous reconduire. Vous devez être un peu fatiguée...

Le sous-entendu ne lui avait pas échappé : il faisait allusion à la nuit précédente. Bien qu'elle n'ait rien dit à ce propos, il avait bien vu qu'elle était à bout de forces, même si elle ne voulait pas l'avouer.

Il sonna un domestique et donna l'ordre qu'on lui prépare le phaéton.

Une fois celui-ci avancé à la porte, Tony proposa avec un rien d'hésitation :

— Si vous voulez, Monseigneur, je vais les ramener...

— Je tiens à le faire moi-même ! rétorqua le comte sur un ton sans réplique.

Tony, resté sur les marches du perron, n'avait plus qu'à leur adresser un signe d'adieu.

Le comte dit au cocher qu'il se passerait de ses services et ils partirent.

Minerva trouvait qu'il conduisait avec une remarquable habileté. Qu'il avait fière allure avec son chapeau haut de forme posé sur sa chevelure de jais !

— Bien ! Alors, dit-il chemin faisant, comme les enfants ont exprimé le désir de monter, je leur prêterai deux de mes chevaux. Il y en aura aussi un pour vous...

— Pour moi ! s'exclama Minerva.

— Pourquoi resteriez-vous seule ? Et puis, j'aimerais vous voir monter à cheval !

— Mais... je n'ai aucune raison d'aller... avec vous...

— Moi, j'en ai une excellente ! Je veux que vous veniez ! Et si vous refusez cette fois, j'attendrai. Mais, un jour ou l'autre, vous finirez bien par accepter !

Minerva n'eut pas le cœur de priver les enfants d'une randonnée sur les magnifiques pur-sang du comte : quel merveilleux souvenir ils en garderaient toute leur vie durant !

Elle jeta un regard au comte en battant des cils.

— Il me semble, Monseigneur, que vous n'en faites qu'à votre tête ! En outre, votre manière est quelque peu... insidieuse.

— Je n'agis jamais que selon mes désirs !

— Alors, cela risque de vous attirer beaucoup d'ennuis, méfiez-vous ! remarqua Minerva.

Elle employait le ton dont elle eût usé pour s'adresser à David, ce qui amusa beaucoup le comte. Il éclata de rire.

— Vous me traitez comme un enfant ! Si vous voulez jouer les redresseurs de torts avec moi, je vous préviens, vous n'êtes pas au bout de vos peines !

— Je n'en suis pas si sûre... Pourtant, Monseigneur, je ne voudrais pas me montrer présomptueuse ni faire quoi que ce soit qui dépasse mes pouvoirs.

— Pourquoi pas ? Jusqu'à présent, vous m'avez sauvé la vie et redonné goût à l'existence.

Devant son air interrogateur, il se contenta de lancer :

— Je vous en dirai plus une autre fois !

Il arrêta l'attelage juste devant la porte du manoir.

— Merci, merci ! Monseigneur, s'écria David, avant de sauter dans les graviers.

Lucy, assise entre Minerva et le comte, se leva et l'embrassa sur la joue.

— Tu y penses, hein, à mon gâteau, lui soufflat-elle à l'oreille.

— Je n'oublie jamais mes promesses ! Ta sœur serait bien avisée de s'en souvenir...

Lucy descendit à son tour.

— Il m'est malaisé de vous remercier, dit

Minerva, d'une voix étouffée. Mais je vous suis sincèrement reconnaissante d'avoir donné un si grand plaisir aux enfants.

— Et à vous ?

— Je suis... heureuse, moi aussi, bien que j'aie un peu peur...

Elle pensait aux deux petits, à leur surexcitation provoquée par le comte. Comme la vie allait leur paraître plate et banale quand il les aurait quittés !

Ce fut le moment que le comte choisit pour ajouter sur un ton qui la laissa perplexe :

— Faites-moi confiance ! Comme je l'ai dit à Lucy, je n'oublie jamais mes promesses. Et mes dettes non plus, d'ailleurs !

7

Caracolant sur l'un des superbes chevaux du comte, Minerva ne s'était jamais sentie aussi heureuse de vivre.

Depuis trois jours, chaque matin, ils étaient partis en promenade. David avait fait preuve d'une maîtrise égale à celle de son frère. Pour le plus grand plaisir de Lucy, le maître palefrenier avait, d'un coup de baguette magique, trouvé un poney. Il était un peu vieux, manquait de vivacité, et, comme un garçon d'écurie le tenait en permanence par la bride, Minerva n'avait guère de souci à se faire. Lucy en éprouvait un bonheur qui dépassait tout ce qu'elle avait connu jusqu'alors.

Chaque fois qu'elle apercevait le comte, elle se suspendait à son cou, sautait sur ses genoux, n'ayant de cesse de lui témoigner sa reconnaissance.

A vrai dire, Minerva aussi était frappée par sa

gentillesse. Elle s'y attendait si peu ! En tout cas, rien dans les propos de Tony ne lui eût permis de l'imaginer ainsi.

Les enfants étaient littéralement emballés. Le seul sujet de conversation de David désormais portait sur le comte et ses chevaux.

En fait, Minerva avait le sentiment que sa vie était prise en main. Elle ne réussissait plus à s'imaginer indépendamment du comte.

Cette impression s'était encore renforcée le jour où il avait tant insisté pour qu'elle passât l'après-midi entier avec lui. Il voulait profiter de l'absence des enfants, occupés par leurs leçons, pour faire le tour du domaine et y rencontrer les gens. Minerva serait chargée des présentations.

Elle avait protesté, mais plutôt mollement, prétextant qu'elle n'était pas celle qui convenait pour ce genre de mission. Il lui avait alors demandé :

« Vous avez quelqu'un d'autre à me proposer ? Y a-t-il une personne, dans tout le voisinage, qui connaisse mieux que vous les fermiers, les retraités, le maître d'école, sans oublier le vicaire ? »

Minerva avait été tentée de souligner que tous ces gens trouveraient peut-être bizarre de la voir jouer ce rôle auprès du comte. Puis la réflexion avait pris le dessus : n'était-il pas de la plus haute importance qu'il se fasse connaître de tout son monde, et qu'il apprenne à aimer, lui aussi, ce village que son père chérissait ?

Sir John avait eu le cœur brisé de n'avoir pu faire face aux besoins des vieilles personnes qui avaient été au service de sa famille durant de si longues années.

Il n'avait pas eu non plus les moyens de bâtir des écoles sur le domaine : il y en avait une seule là où il en eût fallu au moins trois.

Pourtant, Minerva avait encore, présente à

l'esprit, la bienveillante attention de ses parents pour les autres : ce qu'ils n'avaient pu offrir en espèces sonnantes et trébuchantes, leur sollicitude l'avait donné au centuple. Chacun arrivait avec ses soucis : mauvaises récoltes, intempéries, fuites du toit, vitres cassées aux fenêtres qu'il eût fallu remplacer... Ils n'y pouvaient pas grand-chose, mais quel réconfort de sentir, dans le malheur, une attention sincère ! Ses parents avaient toujours eu la même attitude à l'égard de tous.

Assise aux côtés du comte dans la voiture, elle lui contait par le menu l'histoire de la famille qu'ils allaient rencontrer.

Curieusement, contre toute attente, il manifestait un profond intérêt. Il était clair qu'il était de plain-pied avec les petites gens.

Quand il quittait une ferme avec la promesse de faire effectuer de nombreuses réparations sur les bâtiments, le paysan et sa femme l'accompagnaient de leurs sourires émus. On eût dit qu'ils avaient vu un ange descendu du Ciel pour leur porter aide et assistance.

Plût à Dieu, pensait-elle, qu'il n'oublie pas ses engagements une fois que sa vie citadine aurait repris son cours normal, et qu'il se retrouverait au milieu d'une nuée de ces beautés dont il s'amourachait si facilement !

Pour lors, il donnait l'impression de se souvenir de tout. Minerva ne pouvait s'empêcher d'être touchée notamment par l'attention qu'il portait aux enfants.

La veille, après avoir visité une autre ferme située à l'extrémité du domaine, il avait annoncé de but en blanc :

« Vous viendrez dîner avec Tony ce soir. Je me disais hier, en vous quittant, que la salle à manger du château semblait vraiment désertique sans la présence d'une jolie femme ! »

Minerva avait ri.

« Je suis très flattée. Malheureusement, je ne puis accepter votre invitation. »

« Mais pourquoi donc ? » avait-il demandé sur un ton cassant.

« Parce qu'il faut que je garde David et Lucy et que je leur prépare leur repas. Jamais je ne les laisserai seuls dans la maison. »

L'espace d'un instant, le comte avait pincé les lèvres.

Il est contrarié de ne pas obtenir ce qu'il désire, avait pensé Minerva.

« Dans ce cas, pas de problème, avait-il dit alors. Rien de plus facile que de faire venir un domestique du château pour les garder ! A moins que vous ne fassiez appel à cette dame, la grand-mère du bébé, qui vient travailler chez vous à l'occasion quand vos moyens vous le permettent. »

Minerva l'avait regardé, étonnée. Elle ne s'était jamais doutée qu'il soit si observateur. Comment avait-il pu deviner la manière dont elle faisait tourner la maison ?

« Vous voulez parler de Mme Briggs ? Oh, je suppose qu'elle viendrait si je la payais. »

« Je m'occupe de tout. Demandez donc à Mme Briggs de rester chez vous avec les enfants jusqu'à votre retour. »

Si elle avait suivi son premier mouvement, elle aurait discuté. Mais c'eût été une erreur.

Elle s'était déjà imaginée que si le comte achetait le manoir, ils seraient définitivement tirés d'affaire. Dans l'immédiat, en tout état de cause, ils continueraient à occuper leur maison en tant que locataires. Et, comme il n'était pas encore marié, il se passerait un long moment avant qu'une comtesse, devenue veuve, ne soit placée devant la nécessité de s'y loger.

Elle n'avait donc pas protesté. Aussi, la déposant devant chez elle, le comte avait-il confirmé :

« Je vous ferai envoyer une voiture avec un cocher à 19 h 30. En même temps, on vous portera le dîner des enfants. »

« Ce n'est pas la peine... » avait commencé Minerva.

Mais déjà, il s'était décoiffé pour la saluer et avait pris le chemin du retour. Les paroles de Minerva s'étaient évanouies, couvertes par le bruit des roues.

Les enfants ne cessaient de s'émerveiller devant la générosité du comte. Conformément à sa promesse, un gâteau spécialement destiné à Lucy était livré chaque jour à l'heure du thé. Parfois, il était recouvert d'un glaçage sur lequel son nom était inscrit. Un autre jour, ses initiales, en cerises confites, ornaient le dessus.

Mais il ne se contentait pas d'un simple gâteau. Il y faisait ajouter du raisin et des pêches et même, le second jour, des poulets ainsi qu'un petit gigot d'agneau.

Au cours de la promenade, l'après-midi, Minerva lui avait dit non sans quelque hésitation :

« Mille fois merci pour toutes ces bonnes choses que vous m'avez envoyées... mais, de grâce, nous ne voulons pas que vous vous y sentiez obligé. Je pense que vous auriez tort de continuer à... »

« Ce n'est pas pour vous. C'est pour David et Lucy. Vous ne me ferez pas croire qu'ils préféreraient un repas frugal. Lucy m'a dit que vous faisiez souvent du lapin. »

« Ne l'encouragez pas à se plaindre ! » avait-elle répondu, d'un souffle.

« C'est l'enfant la plus charmante que je connaisse. Rien d'étonnant : votre portrait en modèle réduit ! »

Minerva avait rougi mais s'était dispensée de répondre au compliment.

Elle perdrait son temps en lui demandant d'être moins généreux. Cependant, toutes ces largesses allaient leur manquer douloureusement après son départ !

Lorsque les enfants avaient appris que le souper qui leur serait servi viendrait du château, ils avaient été si enthousiasmés qu'ils n'avaient pas eu l'idée de se plaindre de ce qui pouvait ressembler à un abandon.

Ils avaient l'habitude de rester jouer dans le jardin jusqu'à la dernière minute et de se changer, pour la nuit, juste avant de passer à table.

Minerva avait aidé Lucy à faire sa toilette et à enfiler sa chemise, avant d'aller elle-même se préparer dans sa chambre. Alors seulement, elle s'était aperçue qu'elle n'avait rien à se mettre pour se rendre à l'invitation du comte. Les deux robes du soir, qu'elle avait confectionnées de ses mains avec de la mousseline bon marché et qu'elle portait pour dîner avec son père étaient défraîchies. Combien de fois les avait-elle lavées et repassées ?

En outre, elles étaient un peu justes. Elle avait grandi depuis ce temps ! Mais, par malheur, elle n'en possédait pas d'autres !

Si elle avait l'air d'une pauvresse devant le comte, il serait ainsi puni de l'avoir invitée ! A lui de se faire une raison !

Elle noua autour de sa taille une ravissante ceinture bleue, assortie à la couleur de ses yeux.

Elle avait beau habiter le fin fond du Norfolk, elle sentait à quel point sa robe était démodée. Les femmes superbes que le comte fréquentait à Londres portaient des toilettes du dernier cri : jupes amples, manches larges.

Quant à elle, on ne pouvait la décrire qu'en deux

mots : elle était « mal fagotée » ! Mais qu'y pouvait-elle ?

Elle s'était coiffée aussi bien que possible et était descendue. En bas, elle avait trouvé les enfants fous de joie devant le dîner tout juste arrivé du château, apporté par la même voiture confortable qui devait l'y conduire.

Deux des plats avaient été placés dans des paniers d'osier pour maintenir la température, et le troisième, un saumon froid, était rehaussé d'une ornementation raffinée.

Il leur en resterait pour le repas du lendemain, voire du surlendemain. Au grand bonheur de Lucy, s'y ajoutait un gâteau au chocolat en forme de hérisson, décoré d'amandes effilées.

Un valet devait s'occuper d'eux et rentrer ensuite, à pied, par le parc.

L'excitation de David et Lucy était à son comble. Quel succulent repas ils allaient faire ! Ils avaient à peine dit au revoir à Minerva.

Dans la voiture, elle ne put s'empêcher de penser que Tony avait fait du comte un portrait exagérément noirci. Les enfants, eux, sentent instinctivement si la gentillesse des gens est sincère ou feinte. Et, bien qu'ils fussent sensibles à tous les présents du comte, ils appréciaient également l'homme.

Il était évident que dans le petit cœur de Lucy, il représentait le père qu'elle n'avait plus. Pour David, c'était un héros. Un homme qui montait à cheval comme un dieu, capable de sauter les haies les plus hautes de la façon dont il aurait aimé lui-même le faire.

Comme il va lui manquer à son départ ! avait-elle songé.

Elle avait beau refuser de l'admettre, il était évident qu'il lui manquerait aussi.

En dépit de ce que Tony avait pu dire, elle avait

trouvé délicieux ces après-midi passés avec lui, à parler de la propriété, de mille autres choses. Elle avait découvert que, contrairement à ses préventions, sa culture était immense.

Minerva, quant à elle, n'avait jamais voyagé, mais avait eu avec son père d'interminables conversations sur le vaste monde. Ce dernier promenait sur les gens, les pays, et certains lieux, un regard original. Il avait toujours à raconter une foule d'anecdotes drôles et inattendues. C'était, avait pensé Minerva, un point commun entre le comte et son père.

Arrivée au terme de son court trajet, elle avait eu la franchise de s'avouer :

Oui, il va me manquer ! Autant savourer pleinement sa présence, tant qu'il est là !

Le comte et Tony l'attendaient.

Le dîner, composé de nombreux plats, fut exquis. Lorsqu'il se fut achevé, elle eut le sentiment qu'il resterait à jamais gravé dans sa mémoire.

Elle n'avait pas souvent vu Tony de si charmante humeur. Le comte les avait fait rire en leur racontant l'histoire de ces chevaux rétifs qu'il avait achetés dans les endroits les plus étranges... Quel mal il avait eu à les dresser !

Puis, l'heure était venue de se séparer. Le comte avait insisté pour raccompagner Minerva.

Elle n'avait pas emporté d'étole pour le soir : elle n'en possédait pas ! Sans un mot, le comte lui avait tendu un châle chinois entièrement brodé. Une pure merveille ! Sans doute faisait-il partie de ces objets précieux qu'il avait rapportés de ses nombreux voyages. Il était fait de ces étoffes que l'on dispose pour orner un canapé, ou que l'on place, à l'abri, dans un endroit où elles ne risquent pas de s'abîmer.

Il l'avait délicatement déposé sur les épaules de

Minerva. Lorsqu'ils atteignirent le manoir, elle était tremblante d'émotion.

— Merci pour cette soirée féerique. N'oubliez pas votre ravissant châle. Il est à vous.

— Oh, non ! Je vous en prie ! Comment pourrais-je accepter un cadeau d'une telle valeur ?

— Je serais terriblement vexé, furieux même, si vous refusiez.

Elle l'avait regardé, indécise, ne désirant surtout pas le mettre en colère !

— Vous en aurez besoin demain soir, avait repris le comte, devinant apparemment les raisons de ses hésitations, et sans doute aussi le soir suivant. Gardez vos objections pour le jour où il ne vous sera plus utile.

— Je... je ne sais comment vous remercier, avait balbutié Minerva.

— Je vous en donnerai l'occasion plus tard.

Elle l'avait dévisagé, frappée d'étonnement, tandis qu'il attachait les rênes sur le devant du phaéton et en descendait. Il lui avait tendu la main pour l'aider à sortir de la voiture, et avait attendu qu'elle ouvre la porte de la maison.

— Bonne nuit, Minerva. Vous avez honoré ma table de votre grâce et de votre beauté. Je n'en attendais pas moins de vous.

L'espace d'un instant, elle n'avait su que répondre. Intimidée, elle hésitait...

Mais déjà il l'avait quittée. Il marchait à grands pas vers le phaéton et en reprenait les rênes avant de disparaître.

Minerva l'avait regardé en songeant qu'il incarnait Apollon, Apollon conduisant son char et éclairant la terre de ses rayons !

Elle était entrée dans la maison, effrayée par les sentiments qu'il lui inspirait.

— Mme Briggs, vous pouvez retourner chez vous, à présent.

— J'étais contente de venir, mamz'elle Minerva, c'est vrai. Le domestique du château m'a donné le reste que les enfants avaient pas mangé. C'était ben bon !

— Attendez ! Il faut que je vous paie.

Combien fallait-il lui donner ?

— C'est pas la peine, mamz'elle Minerva. Sa Seigneurie l'a déjà fait : une guinée, une guinée tout en or ! Pensez donc ! C'est plus que ce que je gagne en une semaine !

Minerva avait poussé un léger soupir. Inutile une fois encore de faire des remontrances au comte. Déterminé à agir à sa guise, il n'aurait tenu compte d'aucune observation.

Chaque jour, ils déjeunaient au château : le comte voulait avoir les enfants auprès de lui. Comment eût-elle pu répondre qu'ils préféraient rester à la maison ? Tony aussi semblait heureux de leur présence.

Le repas de midi ne s'éternisait guère, mais il était, d'un bout à l'autre, placé sous le signe du rire et de la gaieté, ce qui, depuis le décès de leur père, ne leur était plus arrivé.

Ils firent demi-tour et galopèrent dans un grand champ plat en direction de la maison. Minerva et Tony essayaient de battre le comte à la course. Mais, sur son magnifique étalon, il arriva avec une longueur d'avance !

A l'étincelle de ses yeux, Minerva vit qu'il aimait gagner.

Le premier jour, elle avait eu honte de sa vieille tenue d'équitation complètement élimée. Mais dès qu'elle s'était retrouvée en selle sur un pur-sang arabe, elle avait cessé de se préoccuper de son apparence. Elle était tout entière à sa joie de monter un animal si bien dressé.

Le galop faisait rosir ses joues, ses cheveux s'étaient dénoués, et des boucles tombaient sur son front. Pouvait-elle soupçonner à quel point elle était ravissante ?

Son chapeau était en si piteux état que, sitôt mis, elle l'avait enlevé. Elle montait nu-tête.

Tony l'avait observée avec l'air de quelqu'un qui attend une explication.

— Personne ne peut me voir, à part le comte. S'il est choqué que je ne ressemble pas à ces élégantes qui l'accompagnent à la chasse ou à celles avec qui il se montre dans les allées chic de Londres, qu'y puis-je ?

— Tu as raison. D'ailleurs, je ne pense pas qu'il puisse faire attention à toi.

Une réflexion que seul son frère pouvait s'autoriser à faire.

Minerva l'avait acceptée, avec une certaine humilité. Le comte s'amusait avec eux, pour la bonne et simple raison qu'il ne désirait pas encore rentrer à Londres. Que sa garde-robe soit à moitié vide était donc le cadet de ses soucis !

A l'issue de la promenade, le comte la raccompagna en phaéton. C'était désormais devenu un rite.

— La voiture viendra vous chercher à la même heure ce soir, dit-il. Le chef a préparé un repas tout particulièrement destiné aux enfants. Je suis sûr qu'ils seront ravis.

— Vous êtes trop bon ! Chaque jour, j'ai un peu plus l'impression que nous abusons de votre générosité... que nous profitons de vous.

— Erreur ! Grossière erreur ! Je suis un monstre d'égoïsme, vous le savez très bien ! Je ne fais que ce qui me plaît !

— Vous essayez de vous peindre sous un jour défavorable. Vous n'êtes pas égoïste. Vous êtes...

comme le dit Lucy, l'homme le plus gentil du monde.

— Vous croyez à ce que vous dites ?

Elle eut l'étrange sentiment qu'il accordait une grande importance à ce qu'elle allait répondre, mais Lucy se précipita hors de la maison avant qu'elle n'en ait le temps.

— T'es revenu ! s'écria-t-elle. Oh, s'il te plaît, on peut aller faire un petit tour dans la voiture ?

Minerva prit les devants :

— Pas question ! Sa Seigneurie s'en retourne.

— Sa Seigneurie va emmener Lucy à l'autre bout du village et la reconduire ici, répliqua le comte.

Lucy poussa un cri de joie et grimpa dans le phaéton.

Le comte regarda Minerva droit dans les yeux. Le sourire qu'il lui adressa était éloquent : il s'agissait bel et bien d'une provocation délibérée...

Avec un geste d'impuissance, elle pénétra dans la maison.

Après avoir fait demi-tour, le comte conduisit Lucy au village. Elle jacassa comme une pie jusqu'à ce qu'ils soient de retour.

En montant s'apprêter pour le dîner, Minerva savait qu'une fois de plus son choix se limitait aux deux seules robes en sa possession.

Pensant que le comte l'inviterait pour un nouveau souper, elle était allée fouiller dans les malles de sa mère. Elle y avait découvert une ceinture d'une autre couleur : le vert tendre d'un gazon de printemps.

Pour se donner un petit air de fête, elle songea aux roses du jardin. Elle alla en cueillir trois, parmi les préférées de son père. Les plants avaient été quelque peu négligés ces derniers temps, mais leurs fleurs roses venaient d'éclore.

Minerva en plaça une dans ses cheveux, les deux

autres sur le devant de sa robe, avec laquelle le vert de leurs feuilles s'harmonisait. Ainsi paraîtrait-elle beaucoup plus élégante. Elle prit aussi sur son bras le châle chinois en prévision du retour à la nuit tombée.

Comme d'habitude, les domestiques avaient apporté des plats chauds dans des paniers d'osier. Ils transportèrent, avec maintes précautions, un gâteau glacé, parfait modèle réduit du manoir.

A sa vue, Lucy s'extasia, surtout lorsqu'il fut posé sur le buffet. Ah, quel dommage de le couper ! Il était bien trop beau !

— On va le garder jusqu'à demain, Minerva, dit-elle. On t'attend pour le manger avec nous. A chaque bouchée, on fera un vœu !

— Moi, je sais lequel ! lança David spontanément. Que le comte reste au château pour toujours !

— Ça, t'as raison ! acquiesça Lucy.

Puis, se retournant vers sa sœur :

— Dis-lui merci, Minerva ! Et tu lui feras un énorme bisou pour moi !

Minerva les laissa : ils étaient toujours absorbés dans la contemplation de leur maison de sucre glace et de biscuit.

Dans la voiture, Minerva se demanda quelle sensation elle éprouverait si elle embrassait le comte. Rien qu'à cette idée, elle se sentit rougir... C'était tellement nouveau pour elle ! Elle imaginait la colère de Tony s'il venait à lire dans ses pensées.

Mais, à l'approche du château, elle dut admettre que le baiser au comte, pour répondre au vœu de Lucy, serait une bien étrange expérience, un moment d'ensorcellement peut-être...

Le dîner fut aussi délectable et allègre que les autres soirs.

Pendant quelques minutes, Tony se retrouva seul à seule avec sa sœur.

— Tu ne vas pas me croire, dit-il à voix basse. Le comte m'a demandé de concevoir les plans d'un nouveau parcours d'obstacles, ici, dans le domaine et un second, également, dans sa propriété du Hampshire !

— Oh ! Tony !

— Pas un mot tant que l'affaire n'est pas entièrement conclue ! Il est prêt à me payer très cher pour cette commande !

Minerva, stupéfaite, demeura sans voix. Elle était étourdie de joie. Enfin Tony allait cesser de gaspiller son temps et, surtout, à Londres, un argent qu'il n'avait pas !

Comment le comte pouvait-il être aussi attentionné ?

— C'est un secret ! répéta Tony au moment où le comte revenait au salon.

La soirée se prolongea un peu plus tard que de coutume. Le comte avait fait quérir le phaéton pour raccompagner Minerva.

— Ne vous donnez pas cette peine, s'il vous plaît, commença-t-elle. Je peux fort bien rentrer à pied. Ce ne serait pas la première fois...

En fait, la dernière fois, c'était le soir où elle s'était rendue au château avec son déguisement de bandit. Quand ses yeux rencontrèrent ceux du comte, elle comprit qu'il ne l'avait pas oublié.

— Il est beaucoup trop tard pour qu'une jeune fille se promène seule dans la nuit, surtout vous.

Puis il se leva et se dirigea vers la porte. Elle eût discuté en pure perte !

Dans l'entrée, il prit le châle chinois et lui en entoura les épaules. Ils descendirent les marches du perron.

Alors qu'il l'aidait à monter dans le phaéton, elle vit que c'était la nouvelle lune et que des myriades d'étoiles brillaient au firmament. Une vraie nuit de conte de fées !

Ils descendirent l'allée sous les branches des vieux chênes qui se rejoignaient presque.

Lorsqu'ils atteignirent les pavillons des gardiens, de part et d'autre de la grille en fer forgé, Minerva crut voir quelque chose bouger dans les buissons. Peut-être s'était-elle trompée, mais elle avait eu le sentiment d'une présence au cœur des feuillages. Illusion d'optique ou jeu d'un rayon lunaire sur la haie ?

Quand la voiture eut franchi le portail, elle se retourna. Elle ne vit plus rien.

Le comte immobilisa les chevaux devant le manoir.

— Merci pour ce dîner si joyeux. Je ne cesse de vous remercier. Mais c'est bien peu pour vous exprimer toute ma reconnaissance. Il me faudrait autre chose que des mots...

— J'ai mon idée, et j'aurais aimé m'en ouvrir à vous... mais la conduite des chevaux ne s'y prête guère.

Minerva le regarda, perplexe. Tant de sérieux soudainement dans sa voix ! Que voulait-il lui signifier ainsi ?

Sur un ton différent, il ajouta :

— Allez vous coucher, Minerva. J'ai hâte de vous retrouver demain pour notre chevauchée matinale.

Brusquement, une pensée lui traversa l'esprit, qui la remplit d'effroi :

— Vous ne comptez pas... vous en aller ?

— Cela vous ennuierait-il... ?

— Oh ! Je sais bien que cela arrivera... tôt ou tard, mais le retour à la vie... d'avant serait si pénible !

Le silence s'installa. Le comte ne la regardait pas. Il avait les yeux dans le vague et réfléchissait.

— De cela aussi nous discuterons demain, finit-il par répondre. Bonne nuit, Minerva !

Sa voix avait repris sa fermeté coutumière. Il n'en dirait pas davantage ce soir.

Elle lui tendit la main et, à sa grande surprise, il la porta à ses lèvres.

— Vous êtes très belle. Trop belle pour qu'un homme, en votre présence, ne connaisse pas un certain trouble. Permettez-moi, pour une fois, de ne pas vous aider. Je vous prierais de descendre seule.

Cette réflexion avait quelque chose d'insolite. Minerva se contenta de le dévisager et souscrivit à sa requête. Elle gravit les marches du perron.

Sans doute la suivait-il du regard. Mais non, il faisait faire demi-tour à son attelage. D'un geste bref, il souleva son chapeau en guise de salut, comme les autres soirs, et s'éloigna sans se retourner.

Elle entra dans la maison. Quel étrange comportement ! L'avait-elle froissé, d'un mot ou d'un geste ?

Pourtant, il lui avait dit qu'elle était belle. Elle avait bu ses paroles, tout son corps avait été parcouru par un léger frisson.

Dans la cuisine, Minerva trouva Mme Briggs attablée devant une tasse de thé.

— Tiens, vous v'là, mamz'elle Minerva !

— J'ai peur qu'il ne soit un peu plus tard que d'habitude, s'excusa-t-elle.

— Vous en faites pas pour ça ! Je viens de faire un des meilleurs repas de ma vie. Ça, je vas grossir si je continue à manger des si bonnes choses !

— Les enfants ont adoré, je suis sûre, le fantastique gâteau du chef !

— J'avais jamais rien vu de pareil ! Un crime de manger quelque chose d'aussi beau !

Minerva éclata de rire.

Mme Briggs but une gorgée de thé et ajouta :

— Oh, faut que je vous dise, mamz'elle Minerva ! Y avait un drôle de bonhomme au village, aujourd'hui. Il a raconté qu'il écrit un livre sur le château. Il a posé des questions à tout le monde !

— Il écrit un livre sur le château ! dit Minerva, en écho. Je me demande bien qui il peut être !

— En tout cas, ça vaudra pas celui de votre père, pour sûr ! Pensez donc ! C'est un étranger. Les étrangers comprennent rien à notre anglais, pas vrai ?

— Un étranger ?

— Ben oui, mamz'elle. Un homme bizarre avec des cheveux tout noirs et un de ces accents à couper au couteau... On comprenait pas la moitié de ce qu'il disait !

— Quelle idée de vouloir écrire un livre sur le château ! s'exclama Minerva, s'adressant à elle-même plus qu'à Mme Briggs.

— J'suppose qu'il croit qu'il va gagner beaucoup d'argent avec. Il a posé un tas de questions sur la chambre de velours rouge et à quelle heure Sa Seigneurie va se coucher... Comme si ça intéressait les gens !

Minerva tressaillit.

— Madame Briggs, reprit-elle au bout d'un instant, ne serait-ce pas un Espagnol ?

— Qu'est-ce que j'en sais ? Espagnols, Italiens, Français, pour moi, c'est du pareil au même !

Elle se leva et récupéra le sac qu'elle avait laissé sur la table.

Minerva y aperçut une enveloppe à en-tête du château. Elle lui était adressée.

— Bonne nuit, mamz'elle Minerva. J'espère ben que vous aurez encore besoin de mes services demain soir, et les autres soirs aussi !

Par avance, elle eut un petit rire de contentement en passant la porte de la cuisine et en la refermant derrière elle.

La pensée de Minerva ne quittait plus cet étranger en quête de renseignements sur l'appartement privé du comte et sur ses habitudes. Ce fut alors que lui revint à l'esprit l'homme qu'elle avait entrevu dans les buissons proches de la maison des gardiens. Elle avait à présent la conviction que son imagination ne lui avait pas joué des tours.

Il s'agissait d'un Espagnol, dépêché par l'ambassadeur : ayant échoué dans sa première tentative de vengeance, il était résolu à réussir la seconde fois.

De retour à Londres, il avait dû apprendre par l'un des invités du comte que celui-ci, contrairement à ses certitudes, était bel et bien vivant ! Si tel était le cas, son honneur n'était pas sauf.

Elle comprit que le danger rôdait à nouveau et qu'elle devait tout faire pour sauver le comte. A présent, il avait certainement déjà regagné le château et sa suite pour se coucher. Ce n'était plus qu'une question de temps, l'Espagnol allait pénétrer dans la maison par une des fenêtres du rez-de-chaussée. Il attendrait qu'il soit assoupi pour le blesser grièvement ou le tuer. A moins qu'il ne l'attaque dans le couloir menant à sa chambre.

Une fois encore, son devoir l'appelait auprès du comte !

Elle retourna dans le hall, enleva le châle chinois et le déposa délicatement sur une chaise.

En ouvrant la porte, elle s'absorba dans la contemplation du clair de lune et du ciel étoilé.

N'était-elle pas victime de ses fantasmes ? Comment pouvait-on songer à tuer quelqu'un par une nuit si calme et si belle ?

Puis elle se remémora le type de blessure que l'ambassadeur avait voulu d'abord lui infliger. S'il avait finalement choisi la noyade, c'était pour que personne, à son retour à Londres, ne le soupçonnât du meurtre. C'est alors qu'elle prit vraiment conscience de l'urgence du danger.

Soulevant ses jupons, elle se précipita...

Si l'Espagnol empruntait l'allée principale, elle

avait une chance, en coupant à travers les buissons, d'arriver avant lui. Mais il avait de l'avance ! Le comte avait mis du temps à la raccompagner au manoir. Peut-être l'assassin était-il dissimulé quelque part au rez-de-chaussée, prêt à l'assaillir.

La clarté de la lune inondait le chemin. Jamais Minerva n'avait couru aussi vite de sa vie ; pourtant, le trajet lui sembla interminable. La distance entre la maison et le château semblait s'être étrangement rallongée.

L'Espagnol pouvait tirer une balle dans le dos du comte ou le poignarder : pris au dépourvu, il n'avait aucune chance de pouvoir riposter.

Une fois son forfait accompli, l'homme disparaîtrait et ne serait jamais retrouvé par la police.

Minerva, hors d'haleine, traversa la haie d'arbustes. Elle atteignit le château et y pénétra par la porte latérale.

Comme ils étaient restés longtemps à discuter après le dîner, tous les domestiques n'étaient sans doute pas encore au lit. Selon l'habitude, les valets devaient s'employer à moucher les chandelles et à verrouiller les portes.

A bout de souffle, elle parvint devant la porte de la cuisine. Miracle : elle était ouverte. Un nouvel élan la portait. La pièce était plongée dans un silence total. En revanche, à l'office, deux domestiques restaient à discuter.

Poursuivant sa course, elle parvint dans le hall. Le veilleur de nuit n'était pas encore à son poste, mais seules quelques rares chandelles brûlaient, signe que le comte était allé se coucher...

Sans ralentir son allure, elle grimpa l'escalier quatre à quatre. Elle était devant la suite du maître. Vite, l'entrée de la chambre de velours rouge !

D'un geste brusque, elle ouvrit la porte. Lugubre

prémonition! Elle allait découvrir le comte inanimé, dans son lit ou à terre!

Mais non! Il était toujours debout devant une
fenêtre dont il avait tiré les rideaux. Il était encore
tout habillé et n'avait ôté que son manteau.

Poussée par la peur, elle avait fait irruption sans
frapper. Il se retourna, pétrifié.

— Minerva! s'exclama-t-il.

A peine eut-il prononcé son nom qu'elle se précipitait déjà contre lui.

Elle était si oppressée qu'il lui était impossible
d'articuler le moindre mot. Le comte la prit dans
ses bras.

— Qu'y a-t-il? Que se passe-t-il?

— Un... un Espagnol, haleta Minerva, incapable
de terminer sa phrase. Il est... là... vous tuer!

Elle avait besoin de reprendre son souffle entre
chaque mot.

— C'est... j'ai pensé que... il vous avait peut-être
déjà assassiné!

— Comme vous le voyez, je suis bien vivant,
répondit le comte. Mais, dites-moi, comment savezvous cela?

— Pas une seconde à perdre... il va arriver,
balbutia-t-elle. Vous êtes sans défense. J'ai... j'ai cru
le voir tout à l'heure... dans les buissons. Il a posé
des questions au village... sur vous, sur cette
chambre!

Elle implorait le comte du regard.

— Je vous en conjure... attention... Il ne faut pas...
qu'il vous tue!

Elle suffoquait encore et parlait de manière un
peu incohérente. Il n'allait pas la croire, songeaitelle désespérée, et penserait que le danger n'était
que le fruit de son imagination.

Une voix intérieure lui répétait qu'elle ne se trompait pas. Après un premier échec, l'ambassadeur était bien déterminé à assouvir sa vengeance. Cette fois, il ne le raterait pas!

— Je vous en supplie, murmura-t-elle. Restez sur vos gardes!

Elle était toujours appuyée contre lui. Délicatement, il la fit asseoir sur le lit de velours rouge puis tendit la main vers la table de chevet. Il sortit du tiroir un pistolet qui était resté chargé depuis le fameux soir de l'attentat manqué, et souffla trois des bougies placées auprès du lit. Une seule brûlait désormais derrière les longs rideaux de velours.

La grande chambre était plongée dans une semi-obscurité que seules peuplaient des ombres géantes. Le clair de lune dispensait ses rayons argentés et le scintillement des étoiles filtrait à travers les vitres.

Silencieusement, le comte aida Minerva à se relever. Il lui prit la main et l'entraîna vers la fenêtre. Ils se cachèrent derrière les doubles rideaux tirés.

A la lueur de la lune, il lut l'angoisse dans son regard. Elle était épouvantée!

— Aucune crainte à avoir, dit-il d'un ton réconfortant. A présent, j'attends mon assassin de pied ferme.

— J'ai eu si peur... de ne pas arriver à temps, chuchota-t-elle.

— Mais vous êtes là, et vous avez fait preuve d'un courage exemplaire!

Comme si ces paroles lui faisaient prendre conscience de son épuisement après une course aussi folle, Minerva posa la tête contre son épaule et ferma les yeux. Il pouvait entendre son cœur battre la chamade.

Peu de femmes, songeait-il, auraient eu le cran de se précipiter au-dehors, en pleine nuit, au risque de se retrouver face à l'assaillant au cas où ce dernier n'aurait pas eu le temps d'arriver au château et de s'y embusquer.

Puis, l'idée qu'elle puisse se tromper lui traversa l'esprit. Et si l'individu qui avait posé tant de questions n'était qu'un simple curieux de passage ? Un inconnu, que les villageois auraient pris à tort pour un étranger ?

Mais en la serrant contre lui, il sentit le mal qu'elle avait à reprendre sa respiration et le frémissement de tout son corps contre le sien. C'est à cet instant précis qu'il saisit brusquement la différence existant entre Minerva et toutes les autres femmes qu'il lui avait été donné de connaître. Il avait déjà éprouvé ce sentiment, mais l'exploit héroïque qu'elle venait d'accomplir pour lui sauver de nouveau la vie le laissait sans voix.

Soudain, un bruit quasi inaudible se produisit : la porte de la chambre s'ouvrait ! Instinctivement, ils se raidirent.

Le comte, en écartant légèrement les rideaux, aperçut, dans l'embrasure, l'ombre d'un homme qui se dirigeait vers le lit. Il desserra son étreinte, tandis que Minerva ne bougeait pas plus qu'une statue. Le moindre bruit risquait de coûter la vie au comte. Le plus imperceptible mouvement de leur part, et l'assassin ferait feu le premier. Ainsi l'ambassadeur serait-il vengé !

Par la fente, le comte observait la silhouette. L'homme s'approchait du lit. Il leva le bras. A ce moment même, le comte pointa son pistolet et avec la maîtrise d'un tireur d'élite atteignit l'agresseur où il l'avait visé : au poignet.

L'Espagnol poussa un hurlement et, en se tordant de douleur, s'écroula près du lit.

Le comte ouvrit en grand les rideaux pour laisser le clair de lune baigner la pièce. Puis il décrocha l'embrasse.

L'homme gisait au sol et gémissait en tenant son bras ensanglanté.

Le comte lui jeta un coup d'œil puis regarda longuement le poignard acéré qui lui avait échappé des mains.

Toujours silencieux, il s'empara du chandelier où la bougie n'avait pas cessé de brûler afin d'éclairer le visage de son agresseur.

Avec la corde des rideaux, il lui ligota les jambes.

Sa besogne accomplie, il retourna vers Minerva.

— Il est... mort ?

— Non, blessé seulement. Je vais le faire enfermer pour la nuit. Mais, avant, je veux que vous rentriez chez vous.

Minerva leva sur lui un regard interrogateur.

— Je suis bien sain et sauf, n'est-ce pas, ma chérie ? Nous reparlerons de tout cela plus tard.

Il la prit dans ses bras. De ses mains, il inclina délicatement son visage et déposa un doux baiser sur ses lèvres.

Était-ce un rêve ? Un frisson parcourut le corps de Minerva, telle une intense lumière.

Il la conduisit au salon.

— Rentrez chez vous. Personne ne doit vous voir. Je n'appellerai les domestiques que quand vous serez partie.

Embrassée, il l'avait embrassée ! Ce qu'il lui avait dit, elle n'y comprenait goutte. Elle le regarda sans le voir.

— Faites ce que je vous demande, Minerva. Je vous promets de venir vous rejoindre dès que cela sera possible.

Il lui fallait obéir. Elle se glissa hors du salon et sortit par la porte latérale, celle-là même qu'elle avait empruntée le soir où elle était venue faire son chantage.

Elle regagna le manoir, à pas lents, partagée, devant ce baiser qu'elle venait de recevoir, entre un bonheur sans borne et les affres du doute.

Ce baiser, le devait-elle au soulagement qu'il avait éprouvé en constatant qu'il était indemne et son agresseur hors d'état de nuire ?

Quant à elle, Minerva avait une certitude : depuis longtemps déjà, elle brûlait d'amour pour le comte. Dût-elle ne jamais le revoir, son cœur était à lui, pour l'éternité.

Une heure s'était écoulée. Un bruit de sabots résonna dans la nuit. Minerva, qui attendait au salon, ne bougea pas : elle avait laissé la porte entrouverte. Si c'était le comte, il attacherait son cheval à la rambarde et entrerait directement.

Elle ne s'était pas trompée : une minute plus tard, elle reconnut son pas dans le hall.

Il avait revêtu un pardessus de soirée. A la lueur des bougies, il avait l'air plus heureux que jamais.

Un instant, il resta immobile à la contempler.

— Est-ce que tout va bien... ? commença-t-elle.

Pour toute réponse, il lui tendit les bras.

A son insu, sans même y réfléchir, elle sentit que ses jambes la portaient vers lui.

Elle l'avait rejoint. Il l'étreignit, prit ses lèvres dans un baiser fou, passionné, presque sauvage. Alors, les étoiles enflammèrent sa poitrine et le clair de lune inonda son corps.

Ce ne fut que lorsqu'il s'écarta qu'elle put le regarder.

— Sauvé... vous êtes sauvé, murmura-t-elle par saccades. Vraiment sauvé ?

— Je suis sauf, mon amour. Et maintenant, dites-moi que vous m'aimez.

— Je... je vous aime, oh, oui ! Mais je ne l'ai su qu'au moment où j'ai compris qu'on allait vous tuer, j'ai eu alors si peur d'arriver trop tard.

— Vous êtes arrivée à temps... Désormais, je peux

vous dire à quel point je vous aime. Minerva, je ne vous perdrai pour rien au monde.

Avant qu'elle ne puisse lui demander le sens de ses paroles, il l'embrassa de nouveau. Il l'embrassa avec tant de force qu'elle sentit la pièce vaciller autour d'eux : ils n'étaient plus sur terre, mais dans les cieux.

Puis le comte attira Minerva vers le canapé où ils prirent place côte à côte. Il la contempla, et la serra contre lui.

— Comment pouvez-vous éveiller de tels sentiments en moi ? Par quel miracle vous ai-je découverte ? J'étais pourtant si sûr qu'une femme comme vous, contrairement à tous mes rêves, n'existait pas en ce monde.

— Vous... vous m'aimez vraiment ?

— Jamais auparavant, mon adorée, je n'avais rencontré l'amour. Dieu sait pourtant à quel point je l'ai cherché !

Minerva le regarda, interdite. Il reprit :

— Quand je vous ai vue pour la première fois, dans cette pièce, portant un bébé dans vos bras, j'ai compris que vous répondiez à ma plus chère espérance.

Les lèvres du comte se promenaient sur le satin de sa peau.

— C'est une longue histoire, poursuivit-il. Je vous la raconterai un jour. Mais sachez que malgré tout ce que je possède, je n'ai jamais eu de vraie maison.

— Comment... est-ce possible ?

— Ma mère est morte alors que j'étais encore très jeune. Mon père s'est remarié. Ma belle-mère ne m'aimait pas, surtout parce qu'elle ne pouvait pas avoir d'enfants.

Il retint sa respiration, comme si cette évocation ravivait une ancienne douleur.

— J'ai été ballotté de l'un à l'autre. Personne ne

voulait s'occuper de moi durant les voyages de mes parents. A leur retour en Angleterre, je n'ai que très rarement partagé leur vie.

— Oh! Vous avez dû avoir une enfance extrêmement triste, murmura Minerva.

— Ma solitude était immense. J'aurais voulu compter sur quelqu'un, qu'on s'occupe de moi, qu'on m'aime aussi.

Le petit garçon qu'il avait été, elle le voyait presque, l'imaginant sous les traits de David, malheureux, seul au monde, sans personne vers qui pouvoir se tourner.

— Moi, je vous aime! Mais comment pourrai-je m'occuper de vous... vous protéger?

— C'est on ne peut plus simple! Nous allons nous marier aussi vite que possible!

Minerva le dévisagea.

— Vous voulez vraiment que je... devienne votre femme?

— Jamais je n'ai désiré aussi passionnément quelque chose. Je ferai tout pour cela! Vous ne pouvez plus m'échapper, Minerva! Je ne peux plus vous prendre maintenant, pas plus que je ne pourrais perdre une jambe ou un bras!

— Supposez que... je vous déçoive?

— Impossible!

— Pourquoi?

— J'ai vu l'amour que vous donniez à votre famille, à Tony, à David, à Lucy. Cette famille, je veux en faire partie, pour que vous m'aimiez aussi.

Il parlait avec tant de simplicité que Minerva ne put s'empêcher de lancer:

— Je vous aime! Oh, comme je vous aime! Vous êtes toute ma vie! Quand je courais vers vous ce soir, je savais que si vous veniez à mourir, je mourrais moi aussi.

— Ma chérie, mon amour... Vous ne mourrez pas.

Nous serons heureux ensemble, heureux à rendre jaloux le monde entier !

Minerva saisit la main du comte et l'attira doucement vers elle.

— Et si, fit-elle d'une voix soudain effrayée, ... si l'ambassadeur tentait une fois de plus de...

— Je l'en empêcherai en l'éloignant d'Angleterre, sans provoquer de scandale. Cependant, j'obtiendrai du roi que sa présence en ce pays soit décrétée indésirable.

— Mais... et l'homme que vous avez blessé ?

— Officiellement, nous dirons qu'il avait pénétré au château par effraction et tenté de me tuer pour voler des objets de valeur.

— Il ne peut plus rien contre vous ?

— Mes domestiques ont fait le nécessaire. Il est d'ailleurs très affaibli, il a perdu beaucoup de sang. De plus, il n'est pas à la veille de pouvoir se resservir de son bras droit.

— Vous ne risquez donc plus rien, dit Minerva, comme pour se rassurer elle-même.

— Non seulement je suis à l'abri de l'assassin, mais plus encore de la solitude et d'un cruel manque d'amour.

Après quelques instants, il ajouta précipitamment :

— J'ai passé toute ma vie seul dans une prison dont je ne pouvais m'enfuir — dans un cachot, si vous préférez. Personne sauf vous ne pouvait m'en libérer.

— Grâce à... l'amour ? murmura Minerva.

— L'amour est la clef de tout.

— Je vous aime, je vous aime... chuchota-t-elle. Mais quand vous me connaîtrez mieux, peut-être me trouverez-vous ennuyeuse. Ayant toujours vécu paisiblement à la campagne, je suis si ignorante de ce monde que Tony et vous appréciez tant !

— Mais vous avez en vous réflexion et sensibilité. Vos voyages, c'est par l'esprit que vous les avez faits. Pour moi, vous êtes la déesse de la Sagesse personnifiée.

Il l'embrassa tendrement.

— Ce sera merveilleux, ajouta-t-il, de vous faire découvrir des coins du monde inconnus de vous. Quelle joie de vous offrir ce que vous n'avez jamais possédé ! Mais l'essentiel, ma promise adorée, c'est le nid que nous allons construire pour nos enfants, pour Tony, David et Lucy. Ils ne seront jamais seuls, jamais ils n'auront le sentiment d'être rejetés en aucune manière.

— Êtes-vous sûr que cela... suffira ?

Il la sentait si inquiète à ce sujet qu'il ajouta :

— Quand nous serons mariés, je vous apprendrai ce que cela signifie pour moi de vous aimer, de vous adorer, de vous idolâtrer comme je le ferai jusqu'à mon dernier souffle. Vous êtes tout ce que j'ai toujours désiré, sans jamais espérer vous trouver.

— Mais... ces jolies femmes qui partageaient votre table... elles vous aimaient !

— Ce qu'elles me donnaient, mon trésor, ce n'était pas l'amour tel que nous l'imaginons vous et moi. J'y trouvais quelque chose de différent, le plaisir d'un divertissement éphémère, mais rien qui pour la vie eût un sens authentique. Le cœur en était absent.

Il l'attira un peu plus près de lui.

— Ce que je veux vous offrir, ma beauté, c'est plus encore que mon cœur, mon âme ! C'est aussi ce que j'attends de vous.

— Ils sont déjà tout à vous, répondit Minerva, à vous seul... et vous êtes si doux que notre maison sera celle du bonheur.

— Celle du paradis !

Avidement, il embrassa son front, ses yeux, son petit nez droit, la peau douce de sa nuque.

Il la sentit frémir. Lorsque leurs lèvres se rencontrèrent, il sut qu'il avait allumé en elle cette flamme qui venait attiser le feu qui l'enflammait déjà.

Minerva ignorait à quel point, ces quelques derniers jours, il lui avait fallu lutter contre son désir pour elle, par peur de l'effrayer.

Il n'avait pas oublié la condamnation qu'il avait lue dans ses yeux la première fois qu'ils avaient échangé une parole.

Il devrait la courtiser, s'était-il dit alors, comme il n'avait jamais eu à le faire avec aucune autre femme. Elle était si pure, si délicate, si fragile aussi : il lui faudrait prendre mille et une précautions.

Mais ce soir, elle avait couru à en perdre haleine pour lui sauver la vie et tous les obstacles, entre eux, étaient tombés.

Depuis longtemps, elle était à lui comme il était à elle.

— Je vous aime, s'écria-t-il de sa voix profonde. Mon Dieu que je vous aime !

Il l'embrassa encore et encore.

Minerva sentait qu'il lui offrait toutes les merveilles de l'univers : le soleil, la lune, les étoiles et, plus près d'eux, les fleurs, tous symboles de la passion.

Elle était sûre désormais que leur amour serait éternel, qu'il ferait, à tout jamais, perdre son sens au mot fin.

Composition Gresse B-Embourg
Achevé d'imprimer en Europe (France)
par Brodard et Taupin à la Flèche (Sarthe)
le 21 avril 1993. 1563-H
Dépôt légal avril 1993. ISBN 2-277-23453-2
Éditions J'ai lu
27, rue Cassette, 75006 Paris
Diffusion France et étranger : Flammarion

3453